U0964848

新古风美育诗文集

杨　林◎著

君子思深必慎独，
欲成大义不流俗；
岂同骚客争词律，
只与高哲证世途。

SPM 南方出版传媒　广东人民出版社
·广州·

图书在版编目（CIP）数据

新古风美育诗文集/杨林著. —广州：广东人民出版社，2018.7
ISBN 978-7-218-12905-1

Ⅰ. ①新… Ⅱ. ①杨… Ⅲ. ①诗集—中国—当代 Ⅳ. ①I227

中国版本图书馆 CIP 数据核字（2018）第 116260 号

XINGUFENG MEIYU SHIWENJI
新古风美育诗文集
杨 林 著
版权所有 翻印必究
出 版 人：肖风华

责任编辑：赵世平
封面设计：程 斐
责任技编：周 杰

出版发行：广东人民出版社
地　　址：广州市大沙头四马路 10 号（邮政编码：510102）
电　　话：（020）83798714（总编室）
传　　真：（020）83780199
网　　址：http：//www.gdpph.com
印　　刷：深圳市天邦印刷包装有限公司
开　　本：880mm × 1230mm 1/32
印　　张：6 **字　　数**：100 千
版　　次：2018 年 7 月第 1 版 2018 年 7 月第 1 次印刷
定　　价：29.80 元

如发现印装质量问题，影响阅读，请与出版社（020-83795749）联系调换。
售书热线：（020）83795240

新古风文化宣言

我们处在一个解放思想、破除禁锢、物质充裕的前所未有的繁荣而自由的时代，但这个时代也伴随着某些价值解构、信仰缺失、思想贫乏的人文危机现象。

物质至上、物欲横流、商业网络文化充斥社会每一个角落，弘扬健康社会文化与人文精神的自我救赎成为健全社会发展机制、实现个人健康人生的公共课题，新古风文化理念就是基于这样的社会背景应运而生。

近期中国民政部《中国民政》刊发了我们的社区文化创新项目构思与践行总结。这是继 2017 年下半年“《新三字经》人文美育项目”在社区进行推广试点以来，“新古风”文化理念社会化认同与成长的又一个里程碑。

新古风文化理念发轫于社会实践，以实践性、时代性、创新性、原创性为自身的文化特色；以中华传统文化中的智慧谋略文化与诗意美育文化为基本的文化底蕴；以社会性、大众性传承为依托。

新古风文化理念与社会上某些包罗万象、复古摹古的“国学”有本质不同：按照党的十九大精神要求，在挖掘、提炼与继承、弘扬传统文化中的优秀内核部分的同时，坚决摈弃其中封建迷信糟粕部分；坚定继承近现代文化革新所产生的先进文化成果，与世界先进文化接轨，并使之与优秀传统文化实现有机的融合。

新古风文化理念坚守以炎黄为象征符号的大中华文化体系中的思想精华，主张汲取传统文化中的积极优秀成分：墨家的正义、科学与实践理性精神；法家的公平、法制精神，兵家与纵横家的谋略智慧，道家的超然与自然意识，名家的逻辑机变，以及儒家家国情怀中的合理成分。同时，全面总结并汲取地域文化、民俗文化中的优秀内涵。

新古风文化理念颂扬古往今来由无数爱国者和仁人志士践行的大中华社稷情怀和爱国主义、英雄主义文化精神，并力求在此基础上，与当下的时代命题相结合，重建和高扬大中华文化之魂。

新古风文化理念崇尚中国古典文学中的人文精神，学习自屈原、李白、杜甫、苏轼、辛弃疾、李清照到当代的鲁迅、毛泽东等古今诗词文化大家，把精湛的诗词文化艺术与赤诚的家国情怀融为一体的创作方法。志在以新古风文化理念为核心，融合诗、书、画、乐等传统艺术形式，以反映当代社会人文价值为中心内容，创造具有时代内涵的经典人文精品。

新古风文化理念扎根于大众文化，以大众情怀厚植自身的思想艺术情感，并以诗书画乐一体的审美通感培养作为大众化人文美育的基本内涵，通过社区文化实践推广亲子教育、公民教育，倡导互教互学、共同前行。

新古风文化理念重视对中西文化的对比研究，并以其作为判断自己文化价值的历史坐标之一。新古风文化理念以人类普遍的知识视野丰富自己，并辩证看待中西文化差异：重视、吸纳西方文明中科学、理性的思想价值，摈弃其所谓文明道德优越感，倡导中西互补。

新古风文化理念倡导知行合一、实践第一，以反映社会现实为宗旨，提倡言之有物，与拟古造境、无病呻吟的摹古文化有本质区别。

新古风文化理念提倡非神秘化意义的天人合一精神，倡导身体力行融入自然的健康生活方式，把养生与自省、自悟相结合；热爱与保护环境，倡导绿色环保的生活方式。

新古风文化理念立足于国学创新：创造经典，当仁不让。

新古风文化理念更立足于铺路石精神：成功不必在我，为后来者铺路，不亦乐乎！

杨　林

2018 年 4 月 28 日于深圳市梧桐半山

目 录

序论　新古风文化理念的形成及人文美育创作实践

诗言

一、启蒙篇

二、史诗篇

三、神州篇

四、闲情篇

五、文思篇

六、经典篇

七、现代诗篇

八、结语篇

序论……

新古风文化理念的形成及人文美育创作实践

现代意义上的美学和美育作为独立学科出现于 18 世纪。但是，无论在中国古代还是欧洲古希腊文明中，美学和美育都具有深远的历史渊源。在中国，最早的诗教美育可溯源于《诗经》。在古希腊时期，柏拉图把音乐看作是心灵的体操，亚里士多德更系统地阐明在幼儿期音乐教育和青少年时期诗歌、哲学等人文教育的重要性。总之，在中西方历史文化传承中，都形成了诗歌、音乐、绘画等具有鲜明人文美育功能的传统文化艺术。在中国，诗教的作用尤为显著，历史上先后出现的《千字文》《三字经》《弟子规》等，是对少儿启蒙和德育教育的经典诗文篇章，盛传不衰。

而在当代中国，以诗教为主的人文美育教育，更具有特殊重要的现实意义。

近年来，国家经济迅速发展，人民群众物质生活水平显著提高。但在物质文明进步的同时，一些社会问题也日益突出，比如食品安全与环境问题，各种刑事犯罪特别是突发性案件激增等。

受不良社会环境影响，在校学生中也出现越来越多的校园霸凌或其他过激伤害他人现象。其中有不少人属于既无罪错前科也无预先行为动机，只是由于偶然原因萌生出突发犯罪或过激行为。这种现象在一些社会成年人犯罪中也占有相当比例。这些犯罪与传统的建立在惯性心理基础上的团伙犯罪或蓄谋犯罪有很大不同，较多是在突发事件中由于受到即时环境因素影响，一时情绪失控所致。究其根源，主观方面是人文教育缺失，客观方面是受到社会不良文化环境的影响：网络游戏与商业文化中无所不在的暴力因素熏染所致。这一问题已经越来越成为政府与社会各界的关注焦点。

一、当今人文教育所涉及的社会环境因素

目前人文教育所涉及的具体社会环境因素是多方面的，主要有：

（一）物质主义泛滥与局部社会利益失衡

促进经济发展和物质进步，提高人民的物质生活水平，是社会主义的基本历史任务之一。物质进步也是德育建树以及社会精神文明建设的物质基础。但由于社会转型期存在一定的发展不均衡，导致局部利益机制的不均衡；特别是一些腐败现象的存在，容易产生负面的社会心理效应。

（二）网游等商业文化的影响

网络游戏中充斥的暴力与色情元素，大量商业广告无时无刻不在夸张传递的物质主义、虚荣人生观，都会对社会产生一定的消极影响。

（三）社会价值认同多元化

在社会转型期，也面临社会意识形态的整合。随着经济的全球化，中外的文化交流越来越频繁，西方各种思潮对社会也产生了一定的影响，使得人文教育面临新的挑战。

（四）功利主义影响

一方面是学校的应试教育使得学生弱化了德育涵养所需的心理环境；另一方面是社会上功利主义的氛围容易弱化德育教育的社会认同。

以上种种原因造成了青少年与成人违法犯罪行为的激增，成为日益严峻的社会问题。

二、诗教为核心的人文美育及其现实意义

传统意义上所指的人文教育主要有两个层面：即德育教育

与美育教育。两者各有内涵，又相互依存、相互促进。德育是强调怎样做人、做什么样的人，怎样正确处理与他人和社会的关系。美育是培养人的审美情趣、艺术素养，其内容丰富多彩，比如诗歌、音乐、绘画、书法、建筑园林等都可以成为美育的内容；但其中意义最突出的是诗教。因为相对于其他艺术形式，诗教更能够纳入比较全面的思想内涵，推广成本也最低。其他如书画、音乐等，需要一定的物质条件、更多的时间成本，尤其是必须具有一定的先天资质，因而决定了只能在小范围定向推广。而诗教则不然，基本上具备作为大众化推广的普及条件。美育的特有功能主要体现在：

（一）美育可使德育以“润物细无声”的方式有效传播

美育的方式不仅可以植入德育的基本内涵，而且可以克服德育说教带来的空洞、逆反效应，可以更有效地传播德育的内涵；在这一点上，诗教就具有独一无二的作用。

（二）美育对德育的补充与部分替代功能

德育侧重培养怎样做一个有道德修养的人；美育侧重培养怎样成为一个有艺术审美能力和创造力的优雅的人。美育的出发点和主要内容虽然不一定都要突出德育内涵，但是在客观上，美育的结果必然改良人的心理环境和行为方式。不管是哪一种艺术审美能力的培养，都必然会减少主观不良行为的可能性，比如暴力行为等。这样在一定程度上就能起到弥补德育不足的替代作用。

（三）化解价值观上的认同纷争

在当前多元价值观的社会思想环境中，不同社会背景下的民众对德育内容可能会产生不同的认识歧见，但在美育层面，基本上都不会存在根本性的抵触。

（四）自发的社会人文辅助教育现状

一个时期以来，商业性的音乐、舞蹈、书法、绘画等辅助教育产业自发形成，但其本质上难以起到人文美育的文化功能，根本原因在于其市场化、分散化、功利化的先天不足；而实现美育的前提是非功利化。

三、诗教为主、书画乐为辅的综合美育是人文美育的有机组合

诗书画乐以相同或相近的审美情趣与各自不同的艺术特点，

构成了相互映衬、相互补充的人文美育文化组合，是传统文化中最没有争议的组成部分。这一美育组合在中外美育文化之间也大同小异：中国自古以来琴棋书画不仅是文人雅士的通好，而且也成为大家闺秀或者有教养者的代指概念；在西方社会，诗歌、绘画和音乐也具有重要的传统美育功能，在中古时代以来的宫廷贵族社交文化中，甚至在宗教文化中都占有重要地位。

在诗书画乐中，诗教无疑是中国人文美育文化中的核心部分，这主要取决于：

首先，诗教在人文教育中具有突出而悠久的历史传统，从《诗经》开始，到后来的《千字文》《三字经》《弟子规》等，均成为中国历史上人文教育的经典作品。

其次，诗文作为一种语韵优美的文字形式，既便于承载具体而丰富的思想内容，又朗朗上口便于传播普及。音乐、绘画、书法等艺术形式中虽然也蕴含作者的思想情感，但相对于诗文就要含蓄和抽象得多，普通受众接受和理解起来具有较大的局限性；对于一般学习者而言，其功能主要在于培养审美情趣。

此外，诗教的推广成本低、简便易行，而学习音乐、绘画、书法等则需要一定的经济成本，也有赖于一定的天分。

四、诗词文化创新应用是当代诗教美育的核心理念

近年来，传统文化教育方兴未艾，取得了可喜的成果，在人文教育方面也越来越受到重视。但是，由于传统文化读本主要产生于封建社会时期，难免会存在一定的封建文化糟粕；同时，在内容结构方面也与当代的人文需求存在一定落差。因此，在继承优秀传统文化的基础上，需要与当代社会现实相结合，与时俱进，创新内容，就极具迫切性和现实意义。

所以，对诗教思想内容进行创新，创作符合时代精神风貌与社会主义核心价值观的诗教读本极具迫切性。本书的出版就是期望在诗教文本创新方面进行实践和探索。具有以下特点：

（1）在诗词创作内容方面，反映当代的社会内容和人文情感。

（2）在诗词艺术形式方面，根据所反映内容的需要，既可以采用近体格律诗词的形式，又提倡对各类古风体诗文体裁的应用。特别是对于一些具有写实性特点的主题，比如史诗类，采用三言、四言等古风体。倡导诗词形式为内容服务和形式多元化。

（3）在声韵方面，提倡采用新声韵，以当今普通话的发音声韵为准；在语意表达方面尽量采用和融入现代语汇。本书中《新三字经》是最主要的诗教创作尝试。

除了诗教，新古风文化还包括对其他公共文化领域的应用：比如通过创作诗画作品，艺术化地综合反映一个地区历史人文、综合发展、自然风光，既可以应用于政府文宣，也可以应用于大型旅游商业文化的形象推广宣传；可以将令人生厌、枯燥乏味的传统套话文宣以及商业广告语汇转变为具有复合艺术感染力的艺术精品文本。本人曾经为深圳市盐田区建区十五周年创作了《山海盐田 诗画盐田》的诗画作品。

此外，新古风文化还可以在史诗舞台剧、歌曲歌词、专题影像画册等方面进行继承性和开发性应用。

五、社会与家庭共建的社区人文美育教育模式

本书是在诗词文化创新应用基础上形成的诗教文本，体现了原创性、创新性、时代性、适用性，近年来在社区文化推广中进行试点，社会反响良好，相关政府部门也给予高度肯定，有些内容已应用于学校辅助教材。

社区人文美育教育具有三方面作用：一是作为学校教育的补充，在课余和寒暑假期，通过社区组织举办面向青少年的人文美育讲座，主要是诗教为主；二是组织亲子教育活动；三是区别青年人士、退休中老年和不同社会群体的不同需要，举办各种类型的诗、书、画、乐、舞专题讲授活动，形成终身的人文美育再教育体系。

六、各篇作品简介

本书以弘扬爱国主义为基调，以各种诗词体裁写作应用为艺术特色，其中主要内容通过各种形式的社会实践检验，取得良好的社会反响。

（一）启蒙篇

该篇主要面向亲子教育。同时，也适合成年人阅读，尤其是家长、中小学教师等。

1.《新三字经》

《新三字经》是本书中面向广大青少年的最重要的人文教育内容，同时，也适用于成年人普及性阅读。在写作的过程中，本人研读了人民教育出版社、上海教育出版社、广东教育出版社等出版机构出版的相关时段、相关课程教材的内容，有针对性地弥补其人文内涵的不足。数年前在社区开始试点，反响热烈，曾被《蛇口消息报》连续追踪报道。2017 年以《新三字经》为主题的人文教育项目已被作为社区公益人文教育项目进行推广。近期，中国民政部的期刊《中国民政》，已经刊发《新三字经》项目的推广经验。

《新三字经》简括了我国传统文化的基本内容，并融入了时代内涵，是启蒙篇，也是整个读本中的核心部分。《新三字经》由六个篇章组成：《修德篇》以社会主义核心价值观为导向，集合我国优良传统道德风尚与当代人文价值，提供了德育修养的基本概念；《致学篇》则是对我国优秀传统文化以及历代经典人物的基本概括；《励志篇》概述了古今中外通过个人奋斗成才的典型案例；《国史篇》概述了我国古代史、近现代革命与建设史；《师亲篇》规范家长、老师与学生之间的相互关系；《习俗篇》简述了我国主要的节庆习俗。

2.《法制人生歌谣》

包括《快乐学习篇》《健康成长篇》《城市生活篇》《依法保护篇》四个部分。该部分内容基本上已为原北京市教委编辑的《北京市中小学生法律教育宣传手册》所采用。

（二）史诗篇

该篇以爱国主义为主线，从国家层面讲述近现代革命和建设史，以深圳这一改革开放窗口的发展过程反映新时期的发展成就。在文字风格上运用四言、五言长篇古风文体。

1.《国颂史诗》

四言体长篇诗文。主要反映鸦片战争以来国家和民族的奋斗历史，包括两岸关系史、民国史、现代革命和建设史。

2.《深圳史诗》

五言体长篇诗文。叙述了本人自1984年到深圳经济特区以来亲历的改革、发展历史过程。该篇史诗作品曾被《深圳特区报》在头版加以专题报道，并被《深圳史志》《蛇口消息报》《南山区政府网》等多家媒体转载和报道。

（三）神州篇

选入本人创作的《水调歌头·黄河》《念奴娇·长江》《沁园春·长城》《水调歌头·泰山》等系列反映祖国山河形胜的系列诗词类作品，以展示祖国山河的壮丽景观与人文风貌，在文字风格上力求体现豪放特性。

（四）闲情篇

本篇主要选入本人创作的反映居住区山海景观和日常社区休闲生活的系列诗词曲赋作品，主要表现山居社区的恬淡、平实和自然风情。

（五）文思篇

选入本人关于文化思考、哲思理念以及参与的一些文化活动等内容的系列诗词作品，反映本人的思想价值追求及对人生理念的体悟。

（六）经典篇

该篇简括了民国时期二十一位举世公认的大家闺秀、才艺典范。除了其自身的家教、学养等可资借鉴外，从她们经历的人生世态中，也可以发掘时代更替、治乱兴衰的时代因素，是另一个角度的历史人文。

（七）现代诗篇

选入本人的数篇白话诗文，作为以上内容的补充，主要是

为了兼顾诗歌形式多样化。同时，结合社区实际，特意创作了有关社区党建风纪的专题诗歌。

（八）结语篇

以一阕《莺啼序·梧桐心语》作为本书的结语，简括本人的心路历程。

以上简要介绍了本书的基本内容。本书结集出版，既是对新古风文化理念及其践行的一个阶段性总结，也是深化其社会推广实践的开端，旨在抛砖引玉。各种错误或不足在所难免，欢迎方家批评指正。

杨　林

2018 年 4 月 28 日于深圳市梧桐半山

诗言……

不学诗无以言

人文美育诗教为先

序诗

大中华，五千年；文明史，诗为先；风雅颂，赋骊骈；
四六句，五七言；诗悠久，骚韵远；至大唐，格律严，
对仗工，平仄粘；至两宋，句长短，或豪放，或约婉。
大师多，李杜传；歌农耕，诵悠闲；抒文雅，传千年。
工业兴，近百年；新文明，世风变；格律诗，有局限，
盛而衰，少名篇；今好者，求律严，少新意，语空泛，
好摹古，追玄远，戏文字，犹自满。新诗起，数十年，
师西洋，古韵断；此两极，皆遗憾！保古韵，通权变：
古风者，古韵全，三四五、六七言，[①] 韵味朴，意蕴宽，
叙经史，纪实篇；近体诗，唐宋元，[②] 辞韵美，律谨严，
抒风雅，赋情弦；勿摹古，诵今言，新声韵，新理念，
新古风，谱新篇！

---

① 古风包括三言诗、四言诗、五言诗、六言诗、七言诗等句式。

② 指近体诗词：唐诗、宋词、元曲。

五言排律　新古风

千载斯文盛，风骚堪与说；
春秋重义士，燕赵尚悲歌；
汉武宠仲舒，[1]腐儒从此多；
著书乏立意，章句戏雕琢；
字必援经典，理须套圣哲；
近年犹愈烈，习古几成魔；
经纬盈专柜，[2]子曰垄课桌；
诗唯辩律韵，词不及家国；
量小生辞讼，情急龃龉浊；
常存门户见，难有大鸿博；[3]
呼唤真贤者，开来继楷模；
续吟新古风，舍我更其何！

---

① 仲舒：董仲舒。仲舒两字出律，但作为人名无法避免。
② 经纬：泛指儒家经书纬书。
③ 鸿博：指胸襟博大饱学之士。鸿，大。

一、启蒙篇

篇引：

该篇是亲子教育的主要内容，简括了我国历史文化概貌、主流价值观，以及遵纪守法等人生基本理念。

（一）新三字经

人之初，无恶善；优与劣，在后天；缘家教，受师范。

因世风，成机缘。师先贤，谕规范；德文史，修诸篇。

1. 修德篇

德之始，树尊严；明是非，知耻廉；贫不馁，富不悍。

德之首，辨忠奸；崇法纪，救危难；勤公益，德圆满。

德之大，在奉献；爱家国，抑私念；国有失，无完卵。

德之重，明人权；贫与富，贵与寒；长与幼，愚与贤。

城与乡，少与汉；[①] 皆平等，无贵贱；同人格，同尊严。

德之恭，亲师前；父母恩，多苦甘；为人子，知孝廉；

报恩德，记心间；有病痛，侍床前；冬和暑，知暖寒。

敬师长，自古然；尊亦友，礼恭谦；每相遇，先问安。

---

① 愚与贤、城与乡、少与汉：无论知识智能高低、农村与城市、少数民族与汉族。

亲与师，非圣贤；有代沟，自难免；有疏失，亦难全；
若冲突，先自检；有误解，须恳谈；亲师错，善于言。
德之广，修人缘；律己严，待人宽；与众人，相友善。
德之尚，崇节俭；骄奢者，必肤浅；有志者，意高远。
德之节，坚如磐；利可失，义节全；日月辉，天地间。
德之义，感恩典；滴水恩，报以泉；蔑恩德，不如犬。
德之信，勿食言；重承诺，勿欺瞒；有信者，天地宽。
德之理，虑周全；己所欲，不自专；己不欲，不妄传。
德之礼，须恭谦；敬年长，礼尊贤；不阿贵，不欺寒；
互尊重，礼数全；每出语，忌恶言；敬人者，路自宽。
德之智，慎于言；祸出口，招人怨；内持方，外融圆。
德之善，谨自敛；公共地，勿哗喧；让老幼，助弱残。
德之洁，远邪奸；黄赌毒，勿沾染；常警醒，勤自检。
德之廉，忌贪婪；贪小利，人所嫌；贪暴利，命所悬。
德之美，爱自然；保环境，毕生念；爱生命，勿伤残。
明善恶，勇于言；修美德，长持坚；如是者，美少年！

2. 致学篇

为人子，学为先；打基础，在少年；时不待，惜时间。好奇心，贪嬉玩；性顽劣，亦天然；劝于学，自两全。幼勤学，苦钻研；善思考，不自满；益终生，好习惯。文明史，薪火传；史如海，书如山；取其精，去其繁；儒书经，① 称经典；少幼儿，慎习研；学科学，方为先；《千字文》，经规篇，② 贤者著，千百年；有糟粕，多益见；若欲学，先明辨；于糟粕，须批判；去杂芜，方可鉴。文明史，诗为先；读诗书，美于言；三四五，六七言；分类别，各成篇。楚辞美，念屈原，赋离骚，传千年；唐李白，酒中仙，饮斗酒，诗百篇；唐杜甫，诗圣贤，斥弊政，格律严；白居易，擅长篇，《长恨歌》，遗忧怨；《琵琶行》，意凄婉。苏辛词，武穆言，肃山河，撼长天；李清照，词中仙；性豪侠，词约婉。风雅颂，赋骊骈；

---

① 指“四书”“五经”等儒家经典。

② 指《三字经》和《弟子规》。

哲文史，策论篇；文八家，唐宋间；四曲家，著于元。①
五四兴，新文苑；核心者，称左联；鲁茅田，②为中坚。
读诗文，志浩然；知书史，辨忠奸；习人文，才艺添，
为雅士，语翩然。有雅好，复青丹，师悲鸿，习大千。③
有天分，复管弦；聂冼曲，④救国难。少学文，筑基奠；
初高中，再择选；文与理，有所偏；至大学，学有专；
数理化，助科研；学财贸，济经管；学外语，已普遍；
重体育，勤锻炼；德智体，齐发展。新科技，联网线；
资讯广，视野宽；善学习，如翼添；偶游戏，不迷恋。
为学子，须勤勉；精于勤，疏于懒；有不足，奋力赶；
有心得，勿沾沾；学无涯，生有限；有所成，勿自满，
放眼望，山外山；欲大成，靠实践；历世广，方知全；
苦心志，体时艰；历沉浮，经磨难；挫愈奋，再登攀！
求实效，勿空谈；寸有长，尺有短；勤省悟，自圆满。

---

① “八大家”指唐代的韩愈、柳宗元，宋代的欧阳修、苏洵、苏轼、苏辙、曾巩、王安石八人；“四曲家”即元朝四大戏曲家：关汉卿、王实甫、马致远、白朴。

② 指左联领导者中的鲁迅、茅盾、田汉。

③ 指我国著名国画大师徐悲鸿、张大千。

④ 指爱国音乐作曲家聂耳、冼星海。

3. 励志篇

万物荣， 在春天； 英雄辈， 出少年； 少立志， 方行远。

学无涯， 长持坚； 经千辛， 历万难； 好钢铁， 须锤炼。

古甘罗， 世罕见； 年十二， 有卓见； 为上卿， 成美谈。①

古匡衡， 凿壁沿， 做义工， 换书卷； 董仲舒， 不释卷，

连三载， 不窥园； 皆有成， 名西汉。② 欧阳修， 范仲淹，

少幼时， 皆贫寒； 获代笔， 寄寺院；③ 诗文丰， 多名篇。

汉陈平， 兄嫂嫌， 忍辱读， 成美谈。④ 晋车胤， 惜灯钱；

---

① 春秋时期楚国人甘罗因机智过人，12 岁受到重用被命为秦国上卿，地位近于宰相。

② 匡衡自幼家贫，凿墙壁借邻家烛光苦读，还免费做工换借书阅读，最后成为西汉著名经济学家和政治学家。董仲舒是西汉著名思想家，用心读书，连续三年不看书房后边的花园一眼。

③ 欧阳修四岁丧父，买不起纸笔，其母亲就拿荻草秆在地上写字，教儿子认字。这就是“画荻教子”的故事。范仲淹也因贫寒无力上学，只好跑到寺院僧房中去读书，并留下断斋划粥的典故。

④ 陈平是西汉名相，少时家贫，发奋读书；与兄相依为命却为大嫂所不容，再三羞辱，被迫离家出走；被哥哥追回后又不计前嫌，阻兄休嫂，在当地传为美谈。

囊萤光，不知倦；[1] 晋孙康，映雪寒；手冻疮，终成贤。
唐怀素，出寺庵；草书圣，苦习研；种芭蕉，书叶面。[2]
重守信，明宋濂；借阅书，守时限；遵师约，踏雪山。[3]
蒲松龄，著书卷；询路人，历暑寒。[4]
忠贞者，志高远；利禄者，多滑奸；苟窃取，丧耻廉；
庆父恶，秦桧奸；和珅富，梁冀悍；千人唾，万世嫌。[5]
爱国者，誉千年；楚屈原，吟泽畔；离骚韵，古今传。
文天祥，寸心丹；岳武穆，壮河山！奇女子，花木兰；
代父征，戍边关；邓世昌，殉海战；林则徐，销鸦片。
大公者，德垂范；求共和，孙中山，废帝制，建五院；

---

① 车胤，出身微寒但少小立志，勤学不辍，晚上利用荧火虫的荧光照明苦读，最终成为一个博学多才的人。

② 怀素，唐朝杰出书法家。他七岁到“书堂寺”为僧，打禅之余勤练书法，因无钱买纸，便在寺旁种下许多芭蕉树，用蕉叶代纸练字。

③ 宋濂少时家贫，无钱买书，只好借阅，读后按时归还，从不违约。一次宋濂约定向远方一位师贤请教，当天下大雪，母亲劝其改期，宋濂说如不守约就是对老师不尊重，坚持赴约。

④ 蒲松龄，为写《聊斋志异》，每日在路旁搜集素材，严冬酷暑从不间断。

⑤ 庆父，春秋时期鲁国的篡逆权臣；秦桧，宋朝著名卖国奸相；和珅，清朝著名巨贪；梁冀，东汉时专权跋扈的外戚大将军。

毛泽东，新纪元，工农奋，换新天；驱列强，国威远；
苦研学，勤博览；富哲思，重实践；文与武，世罕见。
五四兴，涌先贤；新文化，谱新篇；荡污秽，除封建。
有鲁迅，志弥坚；卖金章，椒驱寒；铸文魂，勇批判；
诗与文，皆经典。①
兴中华，靠科研；钱学森，邓稼先；功卓著，志航天；
个人利，不贪恋；归国志，坚如磐；研卫星，造两弹。
科兴农，食为天；袁隆平，勤实验；育水稻，获高产。
习数学，杨乐惭；凡定理，洋人言？故发奋，终成焉。②
古毕昇，今王选；印刷术，电子版，电与光，别火铅。③
计算机，金怡濂；超巨型，跨尖端；较天公，胜神算。④

---

① 鲁迅少年时因成绩优异，曾获得金质奖章，他没有把奖章作为炫耀的凭证，而是拿去卖了，买回书籍和辣椒，夜读驱寒。

② 杨乐为我国著名数学家，与张广厚在函数方面的研究成果被国际数学界称为“张杨定理”。上中学时，杨乐发现几乎所有数学定理均以外国人名字命名，从此发奋学习，终有所成。

③ 以王选的技术为核心的“华光”“方正”电子排版系统使我国印刷业告别“铅与火”的历史。故王选有“当代毕昇”之称。

④ 金怡濂是我国超级计算机事业的奠基人和开拓者。他推动实现了中国巨型计算机向大规模并行处理方向发展，并使中国高性能计算机峰值运算速度从每秒10亿次跨越到每秒3000亿次以上。

诺贝尔，誉科苑；屡挫折，研雷管；亲者丧，不惧险；续试验，避驳船；逾三百，发明权；设诺奖，助学研。①名玛丽，生波兰；幼孤苦，学志坚；旅巴黎，避学限；②与居里，共比肩；核科学，成基奠。霍金氏，重疾患；抗病魔，数十年；著简史，册百万。③迟天智，爱斯坦；④至三岁，未能言；师讥讽，亲忧怨；志不辍，自励勉；相对论，九千言；物理学，开新篇。⑤比盖茨，智先天；

---

① 化学家诺贝尔曾目睹自己所创建的硝化甘油炸药实验工厂化为灰烬，其亲弟在爆炸中丧生，其父也受刺激偏瘫。但他没有气馁，继续在驳船上建立浮动试验场。他一生共获专利发明权355项，并出资创立诺贝尔科学奖。

② 居里夫人，名玛丽，波兰人，10岁丧母，生活艰辛，立志苦学；因当时波兰大学不收女生，她做家教赚钱去法国留学，并与居里结为伉俪。她先后发现了钋和镭两种放射性元素，丈夫去世后继续科学研究事业，在原子核科学领域贡献突出，先后两次获得诺贝尔奖。

③ 科学家霍金21岁时被诊断患上导致肌肉萎缩的卢伽雷氏症，医生认为这种病最多只能活3~5年，他却与病魔抗争了四十多年，并成功完成其理论物理学著作《时间简史》，在全世界发行550万册。

④ 指爱因斯坦。

⑤ 爱因斯坦童蒙发育迟缓，三岁还不会说话，父母十分忧虑。当年校长认定他是“干什么都不会有作为”的笨学生。但经过艰苦努力，他最终成为现代物理学的创始人和奠基人，是现代最伟大的物理学家。他反思传统物理学，写出了9000字的论文《论动体的电动力学》，狭义相对论由此产生。

博闻记，自少年；弃哈佛，有主见；家教宜，智倍添；成首富，崇节俭；捐公益，家风善。①

高尚者，亦平凡；学雷锋，师模范；助他人，送温暖。

遇危难，须果敢；救人命，重于天；大地震，袭汶川；校舍塌，闻哭喊，小马健，救孝廉；谢师阻，勇历险。

张海迪，幼截瘫；勤自学，苦习研；学针灸，修家电；通外语，著长篇。洪战辉，生计艰；养妹幼，父病患；苦读书，承重担。埃里克，志登攀；双目盲，志不残；登珠峰，终如愿。②

经商志，亦奉献；依科技，靠勤勉；守法纪，勿猾奸；假劣伪，蒙坑骗，祸社会，入牢监；千夫指，世所嫌。

成功者，何以贤？少有志，贵持坚；终一生，功德全；

---

① 比盖茨，即比尔盖茨，从小就精力过人，记忆力超群。他的外祖母经常和他一起下跳棋、玩筹码、打桥牌等，以锻炼、开发其智力。他的父母也总是与他在一起做棋类及拼图等益智游戏。成为世界首富后，盖茨为防止金钱可能给孩子带来负面影响甚至伤害，将大部分钱财捐献给社会慈善机构。他的孩子虽然出身豪门，但自幼节俭，懂得一切要靠个人奋斗去获取。

② 美国科罗拉多州的埃里克·韦亨迈那是一名登山运动员。33 岁时他不幸双目失明，但他一直有攀登珠穆朗玛峰的夙愿，最终得以实现。

人敬颂，美名传。农工商，政学研；凡百业，务须专；优胜者，皆状元。

4. 国史篇

修国史，追思远；原始祖，称黄炎；夏启始，家承传；[①]汤文武，兴义战；至春秋，上古篇。朝更迭，帝制延；传于今，五千年，[②]大一统，史何灿！鼎盛者，数其间：曰尧舜，曰秦汉，曰唐宋，曰蒙元。尧舜禹，古圣贤；世风朴，崇良善；天下公，德让禅。周公辅，礼士谦；吐哺义，归心焉。秦始皇，志坤乾；统华夏，终战乱；弃分封，行郡县；明法制，尚集权；少德政，难久远。汉武帝，文武全；尊儒学，统盐官；拓疆土，定边关。唐太宗，治贞观；施仁政，纳忠谏；开盛世，誉千年。女中杰，武则天；重科举，酷律严。唐玄宗，兴开元；

---

① 传说夏朝之前有三皇五帝，其实是部落领袖，习惯以其中炎黄代表中华文明的开始；夏朝，是中国历史上第一个世袭王朝，由禹建立（约前21世纪—约前16世纪）。

② 从黄帝纪元算起，大约五千年。

晚节失，败色患；宠贵妃，养权奸；终祸国，安史乱。
唐盛世，史空前；遣唐使，国子监；营西市，宾数万。①
宋太祖，陈桥变；初一统，定江山；重文治，释兵权；
工商兴，享荣繁；至南宋，苟偏安；多奸佞，丧于元。
成吉思，称可汗；震欧亚，兴蒙元；疆土阔，史之冠。
明成祖，永乐年，命郑和，率百舰，下南洋，怀亲远。
大清朝，康雍乾；②平三藩，收台湾；摊税亩，肃贪官；
定疆蒙，禁锢严；至溥仪，断江山。③
兴诸子，百家言；儒释道，孔教宣；立三纲，倡封建；
诗书礼，天下传；逾国界，越边关；播文明，达越南，
达日本，达朝鲜。宣教化，民风善；学而优，为仕官；
官忠君，民从官；幼敬老，愚从贤；诗词美，丝绸艳；
四发明，泽人寰；武术威，剑戟寒；持王道，睦邻边；
怀亲和，镇夷蛮；中华龙，舞九天。糟粕者，亦封建；

---

① 遣唐使：亚非国家派来唐朝的使节；国子监：唐朝开始设立的管理国内教育和留学生的机构；西市：唐朝时在长安外商集中经营的商业地段；宾数万：唐朝时居留长安的外籍人士达两万人以上。

② 指康熙、雍正、乾隆三位皇帝。

③ 清朝在康乾时期称为盛世，至溥仪则连同千年帝制被终结。

私社稷，万恶源；家天下，何以安？倡愚忠，保皇权；文字狱，禁于言；无人道，多阉宦；诛九族，多狱冤；立牌坊，误红颜；复缠足，身骨残；崇鬼神，弄虚玄；盛而衰，其必然。

近代兴，不列颠；新工业，船炮坚；侵国门，掳海岸，杀我族，贩鸦片；八列强，虎狼残；奸民女，霸河山；内虚弱，频边患：阿古柏，国浩罕；入西北，据天山；①北沙俄，最凶残：扰伊利，割兴安；吞东北，地百万！②美法日，觊台湾；国殇日，始马关。③英与法，扰西南；窜西藏，犯云南。神州泣，遍狼烟！清王朝，犹糜烂；

---

① 1865年，中亚浩罕国（今乌兹别克共和国境内）派总司令阿古柏率领大军侵入新疆，并与新疆民族败类金相印勾结，先后占领南疆喀什噶尔、阿克苏等七城。阿古柏自立为汗，于1870年攻占乌鲁木齐。阿古柏政权对新疆各族人民进行野蛮奴役和掠夺，并勾结俄国人和英国人，擅自与他们订立通商、边界条约，妄图长期分裂中国。1877年，左宗棠率清军进剿，阿古柏兵败自杀。

② 清朝末年，俄国通过侵略战争强迫清政府签订《北京条约》《瑷珲条约》等多个不平等条约，陆续割占了包括外黑龙江在内大概150万平方公里的中国领土。而袁世凯当政期间承认了俄国割占中国领土的合法化。

③ 甲午战争中国战败，被迫签订《马关条约》，赔偿日本军费2亿两并割让台湾岛及所有附属各岛屿、澎湖列岛和辽东半岛给日本。

挪军费，修颐园；半殖民，苟残喘；民愤起，义和团；
抗侵略，救河山。封建制，数千年；内压迫，外征战；
文明史，血泪淹；陈吴黄，①洪秀全；举义旗，不间断；
遭镇压，血漫漫。
先行者，孙中山；废帝制，建五院；武备逊，让与袁；②
共和梦，昙花现；复帝制，民声怨，护国军，讨伐袁；
军阀乱，战火燃。蒋中正，继兵权；兴北伐，统江山；
得半壁，则专权；背遗训，灭盟联；③家天下，裙带官；
四家族，权钱揽；政腐败，民愤懑；病魔舞，河泛滥；
萬民泣，命倒悬；盗贼兴，派阀怨；明一统，暗反叛；
攘于内，怯外战；外蒙出，疆藏悬；日侵华，十四年；④
国危亡，如倒悬。倚洋人，仗美援；屡剿共，频内战；
失民心，颓难挽；掳国库，走台湾；躬自省，知羞惭；

---

① 指陈胜、吴广、黄巢，他们和洪秀全都是我国历史上著名的农民起义领袖。

② 孙中山让位，由袁世凯任中华民国临时大总统。

③ 蒋介石背弃孙中山联俄、联共，扶助农工的遗训，屠杀共产党人。

④ 从1931年“九一八”事变日本侵占东北算起至1945年战败，共十四年。

营小岛，暂偏安；窃国资，①仗外援；谋经济，有发展。
两蒋亡，台独乱；谋分裂，遗祸患。
马列旗，锤头镰；农奴戟，兴共产；左与右，历艰险；
毛泽东，挽危澜；长征途，路漫漫；驱日寇，逐中原；
建共和，开新元；挥雄师，下江南；初一统，余台湾；
救农奴，藏民欢；②除剥削，换新天；从兹始，国泰安；
百废兴，大业建；除疟疴，泽人寰；修水利，整河山；
寿倍增，人倍添；工业化，初实现；造火车，造轮船；
造飞机，造军舰；发卫星，爆两弹；修江桥，开矿山；
轻重工，俱齐全。建设兴，德政严；崇节约，镇贪官；
树新风，改观念；移旧俗，破封建；抑私心，弃杂念；
倡尧舜，俱欢颜。建设路，非平坦；白手起，多艰难；
历灾害，苦三年；文革中，生动乱；政清明，三十年；
经曲折，历坷坎；有瑕疵，瑜难掩。抗美帝，战朝鲜；
驱印度，拒苏联；助弱小，反霸权；行道义，播美谈。
导师去，有遗篇；其思想，五洲传。

---

① 将从大陆掠夺的资金注入台湾发展经济。

② 解放西藏，废除农奴制。

中外敌，肆攻谖；乱国史，有其奸；败民风，起祸乱；
今后辈，知未全；受蛊惑，每侮谈；治国者，须防范。
余布衣，知义全；叙经史，正其篇。

5. 师亲篇

为师尊，律己严；重师道，业须专；每言行，皆示范：
首衣着，仪容端；禁轻佻，衣裙短。需教训，忌恶言；
须善诱，和悦颜；禁体罚，理纠偏；多激励，促争先。
贫不歧，富不攀；拒收礼，勿弄权。解业惑，悉授传；
禁收费，补习班。宣国史，持正见；苟附会，理乃偏；
误人子，播谬传；更甚者，成罪衍。普爱心，助弱残；
勿歧视，师德满。为园丁，爱校园；护学生，不惧险。
为父母，多辛艰；望成龙，共所盼；富贵者，须自检：
爱之深，责须严：无规矩，无方圆；勿娇宠，不溺惯。
做家务，励勤勉；促自立，勿贪懒；心向上，身体健。
败由奢，成由俭。贫困者，亦自勉；苟艰困，虑须远：
禁辍学，顾眼前。年少时，多劣顽；乃本性，固天然；
勿打骂，防逆叛。百花开，斗芳艳；十指伸，有长短；
有诸子，爱勿偏：溺者骄，学难专；虐者拗，必逆反；

幼歧视，伤其远；遗虐待，法理谴。近朱墨，易为染；昔孟母，择邻选；有此训，须明鉴。①房玄龄，家教严，列古训，屏风前；②令诸子，互学研；至长成，人称赞。东坡母，望子贤，幼教读，名人传。诚教子；滴石穿；厚积累，大成焉。③戚继光，父训严，忌奢侈，换鞋面。④霞客母，励行远；亲缝授，远行冠。吴玉章，书育联：创业艰，守业难。子天分，先发现：爱迪生，誉人间；少好奇，若怪诞；人怪责，师心厌；唯其母，具慧眼，循善诱，探自然；于理化，助实验；舍资财，多励勉。⑤

---

① 孟子三岁丧父，因居住在墓地附近，经常和其他小孩一起模拟哭啼拜祭游戏。孟母很担心不利于其成长而搬到一个靠近集市的地方。然而孟子又渐渐模拟商人的举动。孟母怕其染上唯利是图的不良习气，又搬到一家学堂附近居住。此后孟子天天跟着学堂里的老师读书、学礼仪，并且要求上学。孟母很高兴，从此不再搬家。

② 唐朝宰相房玄龄怕儿子们长大后仗势欺人，就把古人家训抄在屏风上，让孩子相互学习。

③ 明代孔诚以滴水石穿来勉励儿子要耐心学习积累，不要急于求成。

④ 戚继光的父亲对其要求非常严格，有一次看到戚继光穿一双绸面鞋子，即刻命其换掉。

⑤ 爱迪生（1847—1931）是世界著名科学家。他从小就有强烈的好奇心和求知欲，一般人认为他古怪，老师也认为他糊涂，只有母亲认识到这是他最宝贵的天性，决心在家独自进行教育，资助他做各项实验。爱迪生在科学技术上坚持不懈地探索和实验，一生获得1200多项专利，为人类的文明和进步做出了巨大的贡献。

为家长，行须端；身所教，重于言；夫妻和，睦邻善；
禁家暴，忌恶言；黄赌毒，切勿染；树家风，代代传。

6. 习俗篇

大中华，史久远；民俗风，千古传；至五洲，礼同焉。
首春节，过新年；放鞭炮，贴对联；踩高跷，耍旱船；
阖家聚，吃年饭；访宾友，互拜年；老爱幼，压岁钱。
元宵节，月初圆；赏花灯，燃火焰；舞龙灯，荡秋千。
清明节，祭祖先；昔时苦，今日甜；缅恩德，承渊源。
端午节，祭屈原；粽飘香，戏龙船；崇忠良，骚韵传。
中秋节，乡思远；皓月明，盼团圆；品月饼，赋诗言。
七夕节，鹊桥仙；会牛郎，思下凡；弄乞巧，祷香案。①
重阳节，登高岩；赏秋菊，益康健；敬老风，古今延。
陋恶俗，亦缪传：摆八卦，弄虚玄；看风水，说机缘；
算命理，每行骗；凡迷信，皆荒诞，尚科学，树新念。

---

① 传说每年农历七月初七牛郎和织女相会，是我国汉族地区的传统节日，称为“乞巧节”“少女节”“女儿节”，现在也被称为“中国情人节”，已列入首批国家非物质文化遗产名录。

（二）法制人生歌谣

快乐学习篇

启童蒙，学为先，遵师重教礼先贤；
爱家爱国常自励，早日成材做奉献。

办学校，育英贤，一视同仁助伤残；
义务教育免收费，依法享有公民权。

为父母，多苦甘，养育职责须知全；
九年教育入国法，严禁辍学顾眼前。

精于勤，疏于懒，身为学子要勤勉；
按时上课不早退，完成作业方嬉玩。

向阳花，勤浇灌，锦绣前程春满园；
天天向上好学生，快乐学习美少年。

人生美，少年郎；健康成长沐阳光；
杜绝遗弃和虐待，权益依法受保障。

性顽劣，淘气狂，少幼过错放眼量；
不得体罚与侮辱，耐心教导为师长。

分正邪，勿乖张，切勿沉溺互联网；
自律追求真善美，远离黑恶赌毒黄。

勿迷信，不迷惘，不沾烟酒自健康；
牢记慎交陌生人，不贪小利不上当。

少立志，庄自强，早日长大成栋梁；
爱国爱家爱社会，感恩奉献创辉煌！

城市生活篇

居都市，慎于行，城市生活倡文明；
遵纪守法讲道德，知书达理树新风。

老居民，临时工，子女学习皆平等；
面试就近可入学，依凭工作居住证。

燃爆竹，助喜庆，时限地点依规定；
安全燃放须牢记，从我做起勿侥幸。

球赛场，影视厅，不得鼓噪出怪声；
老幼病残让座位，拾到遗物要交公。

游景点，多名胜，切忌到处刻姓名；
不得随手抛垃圾，人人有责爱环境。

跷跷板、滑旱冰，马路边上勿乱冲；
不得翻越隔离栏，天桥地道保安宁。

自行车，益环境，交通法规须遵行；
走路要走人行道，坚决杜绝闯红灯！

依法保护篇

依法享，公民权，自重互敬共尊严；
勿与他人起外号，严禁索要物和钱。

写日记，发信件，他人不得偷阅看；
即使父母与师长，亦须尊重隐私权。

独居家，须谨严：防火防气防水电；
生人来访勿开门，谢绝态度须委婉。

若出行，记安全，按时放学勿归晚；
遇到劫掠与骗匪，镇静周旋求脱险。

忌小过，自律严，违法作恶切勿犯；
遵纪守法须谨记，法制人生乐百年。

二、史诗篇

篇引：

该篇主要运用四言、五言长篇古风文体，以爱国主义为主线，从国家层面追述近现代革命史和建设史，并以深圳这一改革开放窗口的发展历程反映新时期的发展与建设成就。

序　齐天乐　咏史

（采新声韵　依律填词）

五千年史书中阅，掩卷每生遗憾。
朝殁朝兴，国强国难，罕有忠臣灼见。
开国戡乱，太祖每明贤，难承久远。
腐败贪庸，历朝历代总难免。

屈原骚韵久远，岳飞曾怒啸，对天长叹。
鼎故革新，嘉行民意，国强方绝外患。
古今长鉴，切忌昧良知，史书乱纂。①
兴盛家国，书千年画卷。

① 指警惕形形色色的历史虚无主义。

（一）四言长篇古风　国颂史诗

五千年史，源远流长；三皇五帝，始称炎黄；
强盛一统，初始秦皇；汉风骚韵，唐宋诗章；
历代科举，更迭兴亡；文武盛朝，拓土扩疆；
歌舞升平，礼乐传扬；天朝上国，威仪万方；
雄睨四海，怀远恩广；悠悠万代，华夏其昌！

1. 国难

晚清衰落，　难抵列强；　鸦片登陆，　国破民伤；
英夷炮舰，　掠我香港；　九龙新界，　次第割让；
继失澳门，　再裂南疆；　八国联军，　群起虎狼；
京畿失陷，　大清沦丧；　太后失色，　西顾仓皇；①
皇圆明园，　焚毁盗抢；　神州荼毒，　百姓遭殃；
义和团起，　扶清灭洋；　血肉之躯，　难抵洋枪；

① 八国联军进犯北京，慈禧太后带着光绪帝逃往西安。

孙文起义，　废黜清皇；　建立民国，　矢志兴邦；

武备稍逊，　大位逊让；①　阴谋复辟，　袁氏称皇；

蔡锷讨伐，　呜呼而亡；②　蒋氏执政，　江山私囊；

裙带为谊，　自乱朝纲；　文官腐败，　贻笑友邦；

武将离心，　拥兵自王；　夺利倾轧，　刀兵相向；

兵连祸接，　国破民伤；　民国始终，　屡裂其疆；

外蒙既出，　复危疆藏；③　东瀛趁虚，　国土沦丧；

伪满洲国，　为虎作伥；　日寇铁蹄，　剑指气扬；

华南华北，　相继沦亡。　江河泛滥，　毙尸田桑；

病魔疫使，　妖喝鬼唱；　危哉中华，　谁可救亡？

2. 国雄

上海游船，　群雄建党；　俄国为师，　马列主张；

---

① 指孙中山将中华民国临时大总统让位给袁世凯。

② 袁世凯称帝，蔡锷起兵讨伐；袁世凯退位，不久暴病身亡，蔡锷、孙中山也都先后亡故。

③ 指新疆、西藏受到被分裂的危险。

义为工农，　大同理想；　早期领袖，　陈瞿李张；①
国际共运，　扶持王帮；②主义急进，　韬略失当；
书生意气，　曲折误党。天降大任，　贤者担纲；
一代天骄，　润泽东方；　武装斗争，　立党方向；
工农奋起，　怒海汪洋；　南昌起义，　会师井冈；
四次围剿，　愈战愈强；　左倾干扰，　失败终尝；③
遵义定舵，　英明领航；　壮行万里，　转战八方；
四渡赤水，　神兵天降；　雪山草地，　凯歌飞扬；
突出重围，　驰马北方。
延安奠基，　传播理想；　思想圣地，　北斗天光；
民族精英，　涌自八方；　趋之若鹜，　救国救亡；
慷慨赴死，　血洒疆场；　武备日盛，　文治初尝；④
整顿风纪，　庄重自强；　生产自救，　禀实粮仓；⑤
军民一致，　民心所向；　统一战线，　联动张杨；

① 指陈独秀、瞿秋白、李立三、张闻天。

② 指王明等二十八个半布尔什维克。

③ 指第五次反“围剿”失利。

④ 指延安整风、发表延安文艺座谈会讲话等。

⑤ 指南泥湾大生产运动。

西安事变， 捉蒋放蒋； 国事为先， 不私一党；
共抗外敌， 屈尊地方； 持久游击， 以弱胜强；
史无前例， 战略思想； 令敌胆寒， 小米步枪；
八年抗战， 铁血荣光。
和平建国， 人民所望； 不罹安危， 重庆协商；①
蒋氏独裁， 缺失雅量。 重启内战， 恃美逞强；
逐鹿南北， 三大战场； 腐败家国， 终于覆亡；
兵败如山， 流亡海上； 民心向背， 天下兴亡；
大势所趋， 谁可阻挡？

3. 国庆

四九金秋， 北京广场； 金风和煦， 云高气爽；
开国大典， 史续华章； 纪念碑文， 悲壮铿锵；
大地欢腾， 礼炮鸣响； 城楼上下， 群情激昂；
巨人之声， 震彻穹苍； 中国站起， 世界东方！
东亚病夫， 祛痼复康； 国歌激越， 万乐奏响；

① 指国共重庆谈判。

广场正中， 国旗高扬； 开国元勋， 冠盖轩昂；
点校阅兵， 威武雄壮； 铁流滚滚， 兵骄将广；
游行大军， 浩浩荡荡； “人民万岁”，领袖所想；
“主席万岁”，万众所望； 人民共和， 各族同享；
举国一心， 国运其昌！

4. 国兴

一穷二白， 好作文章！ 何等豪迈， 励志兴邦；
自力更生， 巨轮启航； 旧时中国， 万品皆洋；
洋油洋蜡， 洋钉洋枪； 洋烟洋火， 洋衣洋装；
望洋兴叹， 乞怜列强。 人民中国， 奋发图强；
艰难困苦， 斗志高扬； 二十七年， 业绩辉煌；
国产巨轮， 乘风破浪； 汽车机车， 精密机床；
交通干线， 密布如网； 大中国企， 国之栋梁；
兴修水利， 整治山岗； 赤脚医生， 救死扶伤；
医疗为民， 人民安康； 教育普及， 扫除文盲；
国际机构， 赞扬表彰； 第三世界， 学习榜样；
发展楷模， 举世无双； 两弹一星， 跻身列强；

三分天下，　不遑多让；　返联成功，　广结友邦；
奋斗果实，　非自天降；　艰苦付出，　先辈榜样；
节衣缩食，　优先国防；　历尽曲折，　挺过饥荒；
民生维艰，　基本保障；　人寿倍增，　累积富强；
前人栽树，　后人乘凉；　千秋功业，　岂能遗忘！

5. 国疆

建政伊始，　环伺列强；　周边环境，　凶险异常；
战争建设，　备战备荒；　数次征战，　代价高昂；
西方封锁，　中苏盟邦；　维护主权，　民族至上；
废除旧约，　收回军港；　东北路权，　我自主张；
取缔特权，　还政新疆。①
冷战铁幕，　风云激荡；　朝鲜半岛，　又添战场。
联合国军，　趾高气扬；　罔顾警告，　迫我国疆；
保家卫国，　助弱锄强。　中华精神，　我武维扬；

① 指签订新的中苏友好互助条约，取代国民政府与苏联签订的旧的丧权辱国条约，终结了苏联在我新疆、东北的特权。

仁义王师，以弱击强；退敌三八，大国威扬。
二战美军，得胜骄狂；睥睨天下，何等狂妄！
战败错愕，难解其详；昔时蒋军，皆如羔羊；
志愿军师，何如狮王？义战得胜，巩固疆防；
确保东北，战略后方；重工基地，高枕无恙。
美帝称霸，虽败犹狂；韩战失利，谋我南疆；
点燃越战，重开较量；历时弥久，惨烈异常；
参战美军，噩梦连场；士气全无，意志消亡；
仓皇撤军，余寇以降。
中印原本，兄弟之邦；宗教民俗，源远流长；
欲雄南亚，邻我西藏。英帝狡诈，预留祸殃；①
印度政客，失之疏狂；政党蛊惑，国策动荡；
尼赫鲁氏，轻浮骄妄；蠢蠢不止，蚕食南藏。
巍哉高原，万里边疆；崇山峻岭，难供给养；
主观客观，多方衡量；边防摩擦，诸多忍让；
印既得寸，谋尺更狂；天朝震怒，伐尔印邦；

---

① 指英国人在撤离印度之前留下麦克马洪线地图，违背中印实际边境控制线，侵吞我藏南九万多平方公里土地，为制造中印领土纠纷埋下伏笔。

两万偏师，如虎驱狼；数十万众，豕奔胆丧；
以一当百，战果辉煌。
南越小国，南海流氓；依仗美舰，犯我海疆。
我方小艇，榴弹机枪；搏浪西沙，葬敌海上；
八八海战，① 再创辉煌；而今南海，风云激荡；
美日帮凶，耀武威扬；南洋诸国，宵小群狼；
占我岛屿，窃我宝藏；② 日复一日，何堪以往！
今日中华，国威浩荡；万众所期，国之上将；
人民军队，再现荣光；南海盗贼，一扫而光！

6. 国殇

海峡两岸，自古同邦；一国同胞，共祖炎黄。
历史征战，三度沧桑；一泓浅海，屡致国殇；
明末势弱，荷兰盗抢；成功收复，③ 完璧海疆；

---

① 指1988年中越南海赤瓜礁之战。
② 指我南海诸岛被越南、菲律宾、马来西亚等国占领的现状。
③ 指郑成功从荷兰殖民主义者手中收复台湾。

甲午战败，“马关”割让；[1] 五十余载，臣于日皇；
二战结束，日寇覆亡；台湾光复，国府受降。
内战溃败，蒋氏流亡；割据宝岛，美霸协防；
一道鸿沟，横于海上；六十余载，历尽沧桑：
曾经对峙，战火飞扬；心战海战，枪鸣炮往；
和平统一，大陆开放；两岸解冻，辗转台商；[2]
渐立互信，你来我往；互利双赢，三通直航；
两岸和平，初现曙光！
海峡波涛，时有风浪；内因外因，蓝绿攻防；
美霸操纵，售台武装；庇护台独，保驾护航；
台独闹剧，时时登场；曾几何时，甚嚣尘上；
矢志统一，谨记国殇；两岸同胞，共享荣光！

7. 国魂

中华文明，源远流长；博大精深，千年兴旺；

---

① 指甲午战败后，清政府与日本签订《马关条约》，把台湾割让给日本。

② 指初期台商须经第三地注册和绕道到大陆投资经商。

诸子百家，　各擅其长；　其间糟粕，　此消彼长；
守旧没落，　腐败必亡；　及至晚清，　病入膏肓；
内生战乱，　外屈虎狼；　国家危殆，　壮士图强；
人民领袖，　天成大方；　博古通今，　大成思想；
武能强国，　文能安邦；　铸就国魂，　国威兵广；
军民并肩，　士气昂扬；　战无不胜，　弱能胜强；
百年国耻，　一扫而光。

教导万民，　尧舜之邦；　路不拾遗，　弱不屈强；
教育公仆，　为民榜样；　吃苦在前，　不得贪妄；
厉惩腐败，　严防贪赃；　大众民主，　廉政保障；
运动教育，　惩恶善扬；　自力更生，　庄重自强；
科技进步，　国运兴旺；　发展体育，　普及为上，
不事锦标，　不图虚妄。

真理无界，　天下传扬；　改造中国，　世界景仰；
五洲传送，　风雷激荡；　三分世界，　外交华章；
团结弱小，　谊结万邦；　主持正义，　扶弱抑强；
亚非拉美，　友谊畅响；　巍巍中华，　万世之邦！

8. 国丧

七六岁凶， 屡添国丧； 总理元戎，[1] 先后故亡；
唐山地震， 万千死伤； 九月九日， 巨星殒降！[2]
秋风悲兮， 江河激荡； 人民恸哭， 中华其殇！
国家安危， 谁与护防？ 悲在华夏， 世界同伤；
联合国悼， 万邦旗降； 同表哀悼， 欧美诸强；
亚非拉美、 棕白黑黄； 制度各异， 同致其丧。

9. 国富

历史发展， 模式多样； 经济体制， 计划市场；
积累消费， 各有所长。 计划经济， 基础初创；
重轻齐全， 配套工商； 两弹一星， 建设国防。
市场经济， 再添辉煌； 审时度势， 与民休养；
重视民生， 富民兴邦； 新政探索， 改革开放；

---

① 指周总理、朱总司令逝世。

② 指毛主席逝世。

致富之舟，　扬帆起航！　引进外资，　开放市场；
中国特色，　世界工厂；　宿舍厂房，　遍布城乡；
廉价出口，　全球通商；　遍地开发，　南方北方；
修桥筑路，　高铁机场；　商市繁荣，　霓虹闪亮；
星级酒店，　歌厅球场；　香车宝马，　遍地洋房；
市场繁荣，　三产兴旺；　外储第一，　举世惶惶；
兴办奥运，　金牌头榜；　再办世博，　万国仪商；
神舟系列，　载人翱翔；　再接再厉，　奔月梦想。

10. 国强

共同富裕，　民之所想；　公平发展，　国之所望；
继承马列，　泽东思想；　小平定舵，　原则四项；
继往开来，　再谱华章。　大国为政，　驭理万方；
首在吏治，　务必忠良；　文品廉洁，　武胆如钢；
和内固外，　庄重自强；　惩治贪腐，　重振党纲；
公有为主，　灵活多样；　保护环境，　与民安康；
抑制资本，　约束豪强；　严明法制，　除暴安良；
摈弃庸俗，　纯洁风尚；　大国外交，　毛周榜样；

纵横捭阖， 永固国防； 凝聚民心， 众志成墙。
港澳已回， 两岸可望； 守护南沙， 勿忘南藏！①
时代呼唤， 万民向往； 大智圣者， 开启新航；
承前启后， 再创辉煌； 铁腕治贪， 大同安康；
重振军威， 固我国疆； 兴我国运， 武我威扬；
和我人民， 各族兴旺； 天佑我华， 国运恒昌！
中国梦原， 唱我诗章； 中华一统， 万世呈祥！

（二）五言长篇古风　深圳史诗

——拓荒者箴言

按：在深圳特区建立30周年之际，深圳上下展开系列纪念活动。作为八十年代中期参与到深圳改革、建设行列的一名“老深圳”，作为深圳发展过程的亲历者和见证者，我写作了这篇五言史诗，对深圳发展的成就、成因、过程，以及存在的问

① 指印度长期占领我藏南地区约九万平方公里土地，并建立所谓“阿鲁纳恰尔邦”。

题做了系统概括。《深圳特区报》等数家媒体对这篇史诗曾做专题报道或转载，并给予好评。本次出版时个别段落有所修改。

1. 拓荒

中国兴改革，　深圳立橱窗；
偏僻小渔村，　因之得辉煌。
彼时初学成，　吾心为之往；
八十年代中，　辞京下南方；
应聘市政府，　立志为拓荒；
初仕社经委，　受命膺栋梁；
企划书宏图，　“七五”与酌商；
借鉴“四小龙”，产业从外向。
初至罗湖站，　赤赤见阳光；
放眼环四周，　十几栋楼房；
拔地十余层，　色杂灰绿墙；
罗湖为中心，　知名属国商。
福田称上埗，　四处皆荒凉；
路上人影稀，　少树少屋房；

十层以上楼，　全区一两幢；
红岭五大厦，　施工浇注忙。
当时深南路，　不足十里长；
对面双行道，　亦非今宽广；
上海宾馆西，　土路尘飞扬；
蜿蜒至蛇口，　颠簸伏跌宕。
南山称南头，　彼时如农乡；
一条南头街，　二层矮民房。
东部沙头角，　中英街最忙；
持证去购物，　丝袜与蚊帐。
市属宝安县，　所辖含龙岗；
一市行两制，　二线设关防。

2. 奋斗

改革立典型，　举国树榜样：
一是政策扶，　受惠先开放；
早期双轨制，　虹吸财源广；
部委省地市，　纷来设橱窗。

二是地理优，　　毗邻依香港；
先期入外资，　　大多为港商；
鲜活品出口，　　互补两市场。
三是靠改革，　　锐意破条框；
土地有偿制，　　深圳居首创；
贷款促建设，　　一平七通畅；
金融先盘活，　　发展得保障。
四是聚人才，　　五湖四海广；
文化融多元，　　励志勇于闯。
五是风气好，　　政府作风强；
雕塑开荒牛，　　奋蹄树榜样；
激励建设者，　　艰苦铸辉煌；
上下一条心，　　务实谋开创；
彼时多公仆，　　贪腐风未长；
政府低工资，　　唯有保住房；
科员一百七，　　四百酬市长；
外出做调研，　　单车寒暑往；
炎炎顶烈日，　　台风暴雨狂；
深入知实际，　　识真防骗诳；
行政有实效，　　百业始兴旺。

3. 改革

全面推改革，　筹谋须计长。
成立体改办，　我等与初创；
企业承包制，　负盈难久长；
个人易专权，　国资多损伤；
探索股份制，　企改主方向；
职工内部股，　约束得加强；
初始慎试点，　万科等五商。
企改与同步，　筹谋建市场；
要素宜流通，　产权促转让；
资源优配置，　效率必增长。
改革金融业，　交叉专业行；
外汇互调剂，　深圳亦首创。
人才促流动，　养老须保障；
社会共保险，　逐步始推广。
土地招拍挂，　房地产兴旺。

4. 发展

前人既栽树，　后人好乘凉；
承前再启后，　一路凯歌扬。
发展三十年，　巨变说辉煌：
增设新区划，　遍地高楼房；
层层入云霄，　频频新地王；
交通呈立体，　地铁一路畅；
快速高速路，　海运空运忙；
璀璨不夜城，　车流如巨蟒；
各色大酒楼，　豪宴客满堂；
居民新社区，　欧陆风时尚；
朝暮练太极，　乐舞韵悠扬；
五星酒店多，　宾客来八方；
旅游凭特色，　人文兼别样；
锦绣大中华，　共世界之窗；
激情欢乐谷，　游人熙熙攘；
东部海滨区，　天然游泳场；
曾停明斯克，　娱乐寓国防；

深圳明星城，　　熠熠耀南疆。
经济规模增，　　全国入四强；
人均总产值，　　率先入小康。

5. 反思

回首三十年，　　成绩何辉煌！
世人共瞩目，　　优势再弘扬；
问题勿回避，　　改进更居上；
欲登新台阶，　　政策须知详：
公众有贤能，　　尊贤辅朝堂；
制外礼下士，　　虚怀纳贤良；
若欲有特色，　　慎思新政纲；
系统谋改革，　　理论须自创；
施政立于实，　　摈弃空文章；
勿采片面论，　　盲目效西方；
竞争生盲目，　　假劣伪猖狂；
政府掌宏观，　　调控须得当；
越是市场化，　　监管更须强！

迎刃推政改，　须要明方向；
冗员须裁减，　管控要加强；
经费少奢靡，　用于民生上；
医教复公立，　公益保民康。

6. 求真

三十而应立，　深圳方茁壮；
内涵图发展，　不宜再模仿；
文化以立市，　本为好主张；
经济积实力，　文化育思想；
市场增效率，　思想出政纲；
虚实两相济，　互补共益彰；
欲建新文化，　路漫漫修长；
首先国为本，　辅以鉴西方；
主次应有序，　勿举目弃纲；
去伪方存真，　糟粕须弃扬；
新自由主义，　臭名已昭彰；
华盛顿共识，　更要慎提防！

其次善扶持，　文化励原创；
实践出真知，　方有好诗章；
商业近功利，　文心多惆怅；
两者易相克，　共生费酌商；
塑造新机制，　社会须改良；
经济为基础，　培育新土壤；
竞争靠创造，　抑制伪劣商；
早期多投机，　刁劣驱善良；
利益生示范，　低俗成榜样；
世风长若此，　文化必蛮荒；
社会重治理，　抑制毒黑黄；
若是百恶生，　何来好风尚？
学风倡经典，　孺幼知炎黄；
放任哈日韩，　如何成栋梁？
恭谨学党史，　政风自端庄；
上梁若周正，　民风必纯良；
苟若能如是，　和谐必自强；
文化共新风，　鹏程万里翔！

7. 衷情

我辈与创业，　深圳共成长；
深圳今辉煌，　我辈鬓已霜；
三十四年余，　历政房农商；
不谋万贯财，　识多知真相；
回顾生平路，　每亦生惆怅；
万千新弊端，　皆因贪腐枉！
近来三五载，　闭户思读广；
财经文法史，　融汇诉衷肠；
谈笑成雅韵，　俯拾皆文章；
人在山野中，　纸墨寄痴狂；
秉笔抒胸臆，　箴言成诗章；
多情应笑我，　此心鉴上苍！

三、神州篇

篇引：

本篇主要展示祖国山河的壮丽景观与人文风貌。

（本篇均为格律诗词曲，采新声韵依律填写）

贺新郎　望神州

壮矣神州阔。
岳连绵、江河横纵，高原叠错。
九百六十余万里，水秀山青野沃。
南北异、不同凉热。
常忆江南多旖丽，更神游塞北驰平漠。
欲赋雅，与谁和？

贤君哲圣盈书册。
每常论、秦皇汉武、千秋功过。
诸子百家儒释道，孔孟常尊国策。
近现代、重生浴火。
建设革新添嘉绩，叹巨龙腾跃皆惊愕：
君且看，共寥廓！

沁园春 长城

万里长城，历两千年，纵横西东。
越崇山峻岭、雄关险隘、荒原大漠，鬼泣神惊。
汉塞胡笳，秦时明月，征战常传边塞声。
今凭吊，到处依稀是、秦汉雄风。

曾经多少英雄。有程李，[①] 公孙贺卫青。
现时仍多事：藏南失久，南沙被占，台海稍平。[②]
洞朗边烽，钓鱼列屿，军演时闻枪炮声。[③]
军民共、筑铜墙铁壁，疆海长城。

---

① 指程不识、李广，均为历史上守长城的名将。

② 藏南九万多平方公里被印度占领；南海诸岛绝大部分被越南、菲律宾、马来西亚等国占领；台海两岸局势在国民党执政后稍有缓和。

③ 围绕钓鱼岛，日本与美国在该水域多次搞军事演习，威胁我国安全；近期印度侵犯我洞朗地区。

念奴娇　长江

雪峰玉注，汇三江十水，[1] 纵横东去。
雄伟三峡凌峭壁，玉立奇峰神女。
聚注湖泊，平原洲地，锦绣江南碧。
粮丰物盛，更添多少壮丽。

今古征战风帆，洪峰肆虐，千载经风雨。
多少骚人吟丽句，更有豪杰挥笔。
鲟鳄豚游，大溪文化，电站添奇迹。
玲珑千语，怎抒今古胸臆。

---

① 三江泛指金沙江、浔阳江、扬子江等长江各个段落，还可包括川江、荆江段落。十水，指长江的十大支流：雅砻江、岷江、沱江、嘉陵江、乌江、湘江、汉江、赣江、沅江、赤水。

水调歌头　黄河

（本阕采平仄韵通叶格）

浩荡九天落，唯万里黄河，奔腾壮阔。
逶迤曲九任挫折，更十八弯流过。[1]
苦难沧桑史册，孕育大中国。
荒漠变肥沃，万代享恩泽。

乱流离，征战祸，见何多。
历朝兴殁，秦砖汉瓦每拾得。
多少豪杰贤圣，更有文人骚客，凭吊颂功德。
心为黄河热，又唱大德歌。

① 黄河有九曲十八弯。

水调歌头　泰山

（本阕为平韵格）

独自尊五岳，天下第一山。
嶙峋叠嶂石怪，险径十八盘。①
皇顶青松叠翠，一览众山渺小，妙境在云端。
笔架翠屏俏，秀色尽桃源。

双龙池，普照寺，祠五贤。②
列皇封禅，百帝参拜祭连绵。
汉武八临盛叹，孔圣曾经感慨，生死道家观。③
名盛扬天下，有巨柱擎天。

---

① 十字出律，此为地名，无法更改。

② 玉皇顶、笔架、翠屏、双龙池、普照寺、五贤祠、擎天柱等均为泰山景点。

③ 秦统一以来共有12位皇帝举行过泰山封禅祭拜大典，94代帝王进行过各种级别参拜。道教五行学说认为泰山统管人间官职升降与人间生死。

梅花引 庐山

飞瀑布，笼霞雾，江湖环涌飞山柱。
三叠泉，九叠岩；秀谷天池，白鹿桃花源。

汉阳峰高含鄱景，如琴湖美双龙静。[①]
神仙家，诗仙家；一山六教，古今是非夸。[②]

---

① 江湖，指长江、鄱阳湖；三叠泉、九叠岩、秀谷、天池、白鹿、桃花源、汉阳峰、含鄱岭、琴湖等都是庐山著名景点。

② 诗仙家的诗字出律；是非夸，宗教争论以及其他历史事件如今还时常成为人们争议的问题。

行香子　井冈山

火种星星，石破天惊。
黄洋界，枪炮隆隆。
为民解放，谨记初衷。
念彼时愿，战时志，今时行。

星移物换，天下承平。
后来者，别样心情。
满山碧翠，泉水淙淙。
尽踏山兴，赏山景，恋山青。

昭君怨　草原风情

野旷天高云寂，骏马牛羊随意。
四野草青青，莽然平。

白色毡房点点，傍晚情人相见。
琴韵夜悠扬，恋情长。

菩萨蛮　塞北风

金色沙海翻波浪，驼峰漫步戈壁上。
远近牧人无，两三圆顶屋。

绿洲青草碧，郁郁萌春意。
忽见满池荷，如游江浙时。

清平乐　江南情

风光无限，梦里情难断。
四月花开莺语乱，游女盈盈桃面。

苏州街上船行，小桥旖丽春风。
更有杭州西子，诉说无限风情。

西江月　万绿湖

四季如春常绿，南国曼妙奇湖。
游船点点任漂浮，群岛迷离薄雾。

傍晚夕阳斜照，湖堤金色滩涂。
霞光赤抹水天殊，红艳迷人处。

摊破浣溪沙　千岛湖

百媚千娇竞秀颜，一湖千岛叹奇观。
恰似群舟欲出海，各扬帆。

岸上风光多旖丽，桃花枫叶应时鲜。
烟画小楼临水落，客如仙。

天仙子　月亮湖

大漠无边金灿灿，
月亮湖水蓝湛湛；
驼铃惊醒漠中天。
世外苑，人罕见；
俗世尘埃一未染。

［中吕］石榴花　野鸭湖

野鸭湖畔野花香，湖水淼茫茫。
鸭头每向水中藏，漾起水光，似闲还忙。
轻舟小渡风摇荡，飘曳着、散漫春光。
成群候鸟飞天上，来往北南方。

［双调］胡十八　军马场

大草原，马儿壮，
天碧蓝，遍地黄。
马群四散牧歌扬。
夕阳，毡房。
阵阵边塞风，徐徐夜将降。①

① 阵阵、徐徐均属添加词，合惯例。

[双调] 碧玉箫　新疆情

域外长天，白云净如棉；
沃野荒原，碧绿望无边；
金黄凸壁岩，小河蓝似染。
天外塬，切勿遭污玷；
还，圣洁千年愿。

[双调] 十棒鼓　雪域情

高原万仞，峰峻千座；
冰天雪域，珠穆巍峨。
明珠似嵌镶圣措，神赐天河。[1]
芸芸万众皆成佛，诚对宾客。
八方四面来拜贺，人间天国。
尘俗洗尽还净我，真谛方得。

---

① 圣措，圣湖，藏语中把湖称为措。

［正宫］小梁州　野望

梯层叠嶂绕山长，正对斜阳。
半坡苍翠半坡黄；
连连望，山野好风光。

依山环水微波漾。
有孤岛、横卧中央；
又恰似、雄狮状。
几株杉木，添几许苍凉。

［中宫］满庭芳　婺源

茶香水乡，灵岩群洞，古木杉樟。
山清水秀高塬旷，碧野苍苍。
满街巷、灰白院墙；遍野香、菜籽花黄。
游人旺：写生画郎、伴丽影娇娘。

五绝　北行四首

赴帝京

秦始车同轨，条条向帝京；
古今来复去，同路不同情。

南　风

高低山野静，远近稻菽青；
天地共行色，此情此景中。

朔　风

壮哉临沃野，美矣对平林；
身至北国境，诗心漫入云。

京畿梨花圃

春意何堪寻？风骚探古今；
方知最好处：遍野梨花林。

七律　帝都春荣

北国杨柳漫风情，飞絮濛濛笼帝京。
紫禁重重隔内外，长安浩浩贯西东；
时节变换寒还暖，天象迷离阴复晴；
春意从来违世义，几人参透看分明？

四、闲情篇

篇引：

该篇力求以恬淡、平实的文字风格反映深圳市，特别是盐田区山海人居的日常生活情境趣味。

盐田赋

美哉盐田，大鹏之东。滨临沧海，港深物盛；
万国巨轮，五洋衢通；绵绵海岸，浩浩海景；
野岸苍翠，墅群掩映；盐田港湾，巨轮依停；
大小梅沙，银浪激冲；商家会所，豪华游艇；
阳光沙滩，游人丽影，南宾北客，其乐融融；
不绝如缕，笑语盈盈；群山连绵，四季常青；
雄姿峻拔，大小梧桐；溯溪攀登，六条幽境；
好汉坡上，鹏城一峰。中英街碑，历史见证；
民族屈辱，华夏伤痛；而今国强，别成风景；
一国两制，历史缩影；苦难既往，繁荣与共；
华夏子孙，警钟长鸣！
三洲田畔，曾历枪声；仁人义士，壮烈英勇；
走向共和，从兹觉醒。山海盐田，精彩纷呈；
诗画盐田，骚韵独钟；古往今来，多少风情！

海桐山居赋

日落观海，日出登山；碧野梧桐，蝶舞翩翩；
百鸟啼翠，蛙鸣悠然；居有竹菊，心无杂念；
晨曦吐纳，气定神闲；吟咏诗书，粗茶淡饭；
世间浮华，过眼云烟；颂我山居，爱我家园；
心有雅韵，不慕神仙。

梧桐山人赋

山人其居，梧桐一隅；花木为伴，闲云相依。
山人其恋，山水依依；晨吸朝露，暮观潮汐。
山人其情，悠悠可掬；天地不争，虫鸟无欺。
山人其志，不拘名利，不慕奢华，粗食布衣。
山人其趣，花鸟游鱼；青竹为友，落花相惜。
山人其行，独往独徙；斯文与世，圣贤为期。

（以下均为格律诗词曲，采新声韵依律填写）

望海潮　大梅沙

初冬时令，梅沙漫步，悠悠寻觅闲情。
岩壁耸拔，苍苍郁郁，朦胧雾锁群峰。
隐隐欲相迎。
凛冽风扑面，顿感寒生。
盈耳传来，层层浪打卷潮声。

海风阵阵咸腥。
有七、八健将，浪里翻泳。
天际目极，孤帆远影，
隐约缓缓移行，缥缈漾心旌。
忽浪犁快艇，激雪飞冲。
如画千般海景，直教误归程。

八声甘州　登梧桐山

正深秋兴起探梧桐，拾阶且徐行。
恰斜阳残照，树丛漏影，处处幽情。
经久回眸鸟瞰：见碧海波平；
错落船舶港，万舰依停。

清脆耳边鸟语，更黄花烂漫、浅笑盈盈。
踏凌空铁索，伴少许虚惊。
再攀登，如牛气喘，见妇孺，似燕雀身轻。
稍息处，清凉快意，是晚来风。

点绛唇　梧桐春色

去岁梧桐，东风红绿莺啼晓。
漫将诗意，日日说春好。

春又梧桐，却怨春来早。
佳句少，满山芳草，不解诗心老。

临江仙　疍家民俗文化节

南粤深秋红愈盛，盐田港畔情浓。
疍家老少喜相逢。佳节同庆，狮舞伴歌声。

波漾风移哭嫁曲，千家万户相迎。
如今世路已相同，不分水陆，共享祥荣。

题记：2017 年疍家民俗文化节，盐田区和盐田街道举办了隆重的庆典活动，我奉邀赴会，与有荣焉，填写《临江仙》一阕，以记盛事。

清平乐　探春山

柔波碧翠，故引深山会。
策杖登高云欲坠，阵阵山风微醉。

春红掩隐芳踪，潇潇漫漫林声。
此处此时独好，幽情幽意谁同。

南歌子　秋

又是秋光好，
菊花遍地黄。
一掬秋色酒一觞，
诗兴滔滔把酒赋新章。

［仙吕］三番玉楼人　游园博园

闲适清秋愿，初至园博园。
到处是轻红紫嫣，花簇儿争艳。
小兰轩，石林岩，静幽潭，闲鱼游水间。
紫荷最怜，兰菊争艳，园里更多园。[1]

① 第二句首个“园”字、第六句的“石”字均应仄音，但都属地名词，可不受此限。

［双调］折桂令带过水仙子　仙湖

游仙湖，多为佛缘；

更有虔徒，匍祷行前。

烟缕徐徐，诸神宝殿：

祈愿平安，又或是、时来运转。

擎过顶，叩首连三。

殿外奇观，僧世诸仙。[1]

算卦说缘，只为收钱。

一泓湖水密林间，两舵游船漾水闲。

回廊弯曲沿堤岸，争鸣群鸟喧。

更惊飞、白鹭盘旋。

好一处，世外园、秋水长天。

---

① 僧世诸仙：指算命的僧侣和世俗身份的算命者。

［仙吕］四季花　秋游

拾秋乘兴上朱楼，锦鲤水中游。
衫薄渐感凉微透，游兴却难休。
意还留，兰①幽菊盛小园秋。

［南吕］玉交枝　悲秋

闲情愁绪，最是幽幽难息。
秋深总惹凄凉意，花零落、鸟乱啼。
西风来去总恁急，寒霜苦雨凝诗句：
总是凄凄沥沥，还有忧忧悒悒。

［正宫］塞鸿秋　寻幽

南国四季群山碧，兴来竟自寻幽去：
梧桐山色苍茫地，客来已自萌诗意。
枝头翠鸟鸣，花草蜂蝶舞，
此时只愿常清寂。

---

① 在南粤，深秋初冬时小兰花仍然盛开。

[仙侣] 点绛唇　十花曲

梅　花

傲雪凌冰，任它霜重，一枝敬。①
只把春迎，不与群芳竞。

牡　丹

国色天香，金丹②传唱，无须让，
自是花王，何必浓梳妆。

菊　花

岁末芳华，傲霜淡雅，如诗画。
馥郁清茶，长寿人无涯。③

---

① 注：一枝敬：梅花自古被称为东风第一枝。

② 金丹，古代传说鹦哥为救母亲和乡亲的疾病，偷王母娘娘的金丹，洒落山上生出了牡丹花。

③ 据传说，古代河南某村庄，山上长着许多很大的菊花。一股山泉从山上菊花丛中流过，花瓣散落水中，村上人家饮用山泉水一般都活到130岁左右，最低也有七八十岁。

兰　花

气度如君，花容美俊，屈原韵。
温婉淑纯，忠忱情难禁。[1]

月季花[2]

如火激情，花中玉凤，情深重。
巧遇云峰，从此播情种。

---

① 传说屈原遭奸臣陷害被革职后，办起学堂，种植兰花。兰花娘娘为之感动，遂特意施展法术，将其栽种在窗下的三株兰花点化成精，使之成片开放。故以兰花喻品格高尚。

② 关于月季花有不同传说版本。此处采用这一版本：据说王母娘娘生日，月季仙子采集了红、黄、蓝、白、粉、紫各色月季花准备做礼物，路过云峰山时遇到了一个英俊的小伙子，便耽误了王母娘娘的宴会，因此她被罚到人间，并与那个英俊的小伙子结为夫妻。

杜鹃花①

映遍山红，血啼灵性，人人颂。

群鸟齐鸣，衔草医人病。

荷　花②

品自高洁，污泥难亵，凡情切。

美玉贞节，不论仙凡界。

茶　花③

遍野茶花，穷人万家，情无价。

万世传夸，名远播天下。

---

①　传说刘鹄与娟子相爱。刘鹄经常吹箫引来飞鸟，并用飞鸟衔来的奇花异草给人医病。娟子后来被好色的皇帝抓去，临死前口吐的鲜血变成了一朵朵美丽的杜鹃花。鹃子的身体也变成了一朵杜鹃花，小鸟衔着这朵杜鹃花飞出了皇宫，并一直飞到了黄鹤山下，把这朵杜鹃花栽在了鹃子家门口。此后，那里就开出了一片美丽的杜鹃花。

②　相传荷花是王母娘娘身边一个叫玉姬的美貌侍女。她因贪恋人间生活偷出天宫，到西湖中游玩至天亮仍未归，被王母娘娘罚入湖中打入淤泥，永世不得再登南天。从此她便化作荷花。

③　传说有位叫布达的妇女，喜爱种花草。后来她生病快要死了，有位美丽的姑娘来给她看病。姑娘的头上、身上插满茶花，布达的病不药而瘉。后来布达就种植了很多茶花。

桂　花[1]

摇落月宫，淦河香涌，除瘟病。
嫦女吴盟，千载人传颂。

水仙花[2]

凌水仙葩，殉情圣驾，成佳话。
曹赋文佳，神女传天下。

---

① 传说很久以前，咸宁发了一场瘟疫，吴刚的母亲染上了病。吴刚赶上通向月宫的天梯，顺着香气来到桂花树下。他摇动桂花树，让桂花纷纷飘落到山下的河中，使得河面清香扑鼻，河水染成了金黄色。人们喝着河水，疫病全都好了。后来，吴刚的女友嫦娥偷了七仙女的回天仙丹，来到了月宫；而七仙女则留在人间与董永玉成另一段感人的爱情故事。

② 传说水仙花是尧帝的女儿娥皇、女英的化身。她们二人同嫁给舜。舜死后，娥皇与女英双双殉情于湘江。上天将二人的魂魄化为江边水仙，就成为水仙花神了。

五绝　山居系列三十二首

山人三首

一

情逸栖山上，心闲近古人。
常邀云作伴，偶见世缤纷。

二

山深云作伴，蝶鸟往来常。
风雅何须觅，言出寄律章。

三

天高月作伴，夜静诗为盟。
不借双飞翼，神思邈太空。

山　居

开门揖雅士，闭户爱幽居。
花寂人心静，蛙鸣鸟语急。

春语四首

一

隔窗闻鸟语，懒起意迟迟。
难负三春景，聊题两句诗。

二

朝暮对鸣禽，山重远世尘。
也知世禄好，更爱白云深。

三

窗外尽枯黄，晨风肆意狂。
本应春烂漫，却似降秋霜。

四

春共我相盟，从无现影踪。
只差[1]枝上鸟，日日道春情。

倒春寒

遽尔热如夏，连番冷过冬。
南国多变脸，反复似人生。

---

① 差，此处念 chāi，派遣之意。

梧桐春雾两首（仄韵）

一

三月春光好，绿红花锦簇。
苍天妒美景，故洒浓浓雾。

二

偶雾生佳趣，久弥成瘴气。
世情同此理，俗义掩真谛。

梧桐拾翠

何处避风尘？林荫少世痕。
每天拾翠景，常做护山人。

盛暑踏山

酷暑人慵懒，寻幽意更深。
斜阳径自好，独赏对空林。

雨后踏山

雨停山色清，云黯雾林行。
未至幽深处，心思早已明。

雨季闲情

半月十天雨，一山四海风。
诗心八百丈，沁润雨风中。

雨后梧桐

倏然急雨过，山色复空明。
恰恰枝间雀，连声唱晚晴。

小别梧桐

今日下梧桐，万千鸟语声。
漫山空谷响，疑是嘱归程。

暮春感吟

不许春心尽，故将诗意裁。
嫣红姹紫色，只为山人开。

台风帕卡两首

一

一雨狂飙落，半山尘絮空。
斯文倘若是，举世换新风。

二

窗外一天雨，室中半暗明。
静心无异想，盈耳落石声。

半山韵舞首排剪影

山畔美娇娘，动如火凤凰。
从今律韵舞，秋色胜春光。

春　池

半山池水浅，不羡昆明湖。
锦鲤闲来去，沉浮意自如。

伤　春

花盛转枯衰，情多泪易来。
每因春落寞，心寄野蒿莱。

静夜思

更深闻犬吠，人醒聆蛙声。
邀对西天月，静思窗外明。

路边花

一株姹紫艳，只为报春来。
无意争荣宠，任由草没埋。

并蒂花

姹紫一枝艳，昂然并蒂花。
不卑春色少，自在灼芳华。

踏　春

漫山花供眼，正是踏春时。
也有寻芳意，欲填香雪词。

晨　语

昨夜北风恶，无由扰梦来。

昏昏重欲睡，红日入窗台。

午后随语

窗外斜阳懒，偶闻鸟语声。

稍憩万籁静，便是好心情。

半山月三首

一

月与人相伴，不知月意痴。

盈缺月有信，聚散人由之。

二

我有光明月，相约绿树丛。

方留十数影，转眼隐云中。

三

昨夜月匆匆，今宵月复明。

我知月有信，月馈我多情。

五律　海望

夏至梅沙岸，赤足迤逦行。
天高云絮淡，水阔阵风清。
意恋孤帆远，心随晚浪平。
忽闻鸥鸟近，欲劝客归程。

五律　梅沙踏浪

寻幽踏栈道，正置春芳浓。
一对小情侣，双发海誓盟。
目移鸥鹭影，耳入波涛声。
背对夕阳下，风抚晚浪平。

五律　除夕春颂

寒虐终归去，新晴绿满城。
未萌诗意趣，先省己心情。
孤赏胸襟小，道心寰宇中。
欲邀高雅士，把酒共春风。

五律　初一登高

岁元情驿动，移步访高台。
迎面微风煦，升山紫气来。
斜阳春更暖，落叶木犹衰。
最是梧桐好，长居醒世怀。

五律　春净思

贺新人犬沸,[1] 三日渐歇停。
意伴空山静，心逐皓月明。
斯文恕念起，兴比善缘生。
济世真名士，风骚自古同。

五律　元宵

新年意未尽，又是上元来。
草色萋萋绿，花蕾奕奕开。
灯前悟妙语，人后戏情钗。
多少风流愿，今宵巧释怀。

---

① 2018 年是狗年，故以“人犬沸”起句。

五律　春雾

氤氲携雨落，意欲锁春荣。
春丽融千色，雾心妒万重。
盈窗尽渺渺，举目障青青。
隔日艳阳照，倏然一扫空。

五律　春声

燕语吱吱细，莺歌恰恰轻。
池蛙夜唱和，树雀晓啼鸣。
柴犬吠间续，春猫叫不停。
乌鸦欲雅趣，可惜无好声。

七律　雄鸡

历久不闻破晓啼，漫山莺雀语叽叽。
高歌一唱惊神魅，振翅连声荡鬼貔。
本自心旌高大尚，难融世韵浅靡低。
天择物竞适生者，勿怨苍苍知己稀。

七绝　晨练三首

一

月隐星稀天欲青，雄鸡山外晓啼鸣。
轻身快步山门下，野犬数只吠不停。

二

晨曦策杖踏阶行，雀语虫飞扑面迎。
自语今朝行迹早，抬头正遇下山翁。

三

风霜历尽共白头，日日相携戏羽球。

今次伯翁何处去？妪寻山坳意何愁！①

七绝　山海系列十九首

惜　花

狂风昨夜下鹏城，虐尽春柔遗落红。

虽道花无百日好，终究还是意难平。

梧桐晨雾

漫天浓雾锁层楼，障目迷濛眼底收。

常愿梧桐千日好，奈何御宇少清流。

---

①　有一段时间晨练时，我总看见一对耄耋老夫妻在路边打羽毛球，忽然有一天看到只剩下妻子一人在路边徜徉，神情颇为茫然。

梧桐山风

门响窗呼次第声，山风夜半到天明。
连连咆哮缘何故？地势高低鸣不平？

梧桐观云

云黯山巅山欲倾，梧桐未雨先来风。
任它拉朽摧枯状，早已危楼列阵迎。

晨　语

正适三春宜颂春，却因庶务损精神。
晨来半醒偶得句，暂使诗心替事心。

自　嘲

纷纷琐事近来俗，诗意斯文半点无。
鸟戏晨枝撩续语，难酬佳句愧愚夫。

半山拾趣

一俟高阳上瑞图，便觉山景胜天都。
蝉鸣翠绿心合应，诗咏洁白云欲浮。

山　情

久违山趣锁幽情，半月雨淫初欲晴。
五步并成三步去，蚊虫饥馁正相迎。

生日寄语

一年一度一层秋，风雨沧桑岁月稠。
洗尽浮华志未泯，诗书山海泛清流。

苗柏台风雨

昨夜狂飙风卷浪，漫天酷暑扫而光。
枕听细雨潇潇下，心感秋思淡淡凉。

半山晨夕

朝有白云夜寂沉，万家灯火自缤纷。
当空闪烁唯明月，相照山人晨与昏。

春　寒

造物每常无定意，阴晴难料损枯荣。
诗心寄望花开早，却遇春寒冷过冬。

山　花

几树山花隐密林，漫将春色扰凡心。
向来厌作玲珑句，却是诗情不许人。

半山夜舞

夜近中秋欲转凉，半山起舞美娇娘。
婵娟休妒多姿色，只为浮生添旖光。

海山图

山海连绵云黯浮，谁持虹彩作天书？
群楼掩映霁光晚，遥望归航舰影无。

2017 雨打中秋

未见月升山上头，却来急雨泻清愁。
人生常憾隔天意，不教今宵共此秋。

大风记

朔风连日下南国，嘶唳呼号寒意夺。
纵有高阳艳艳照，仍觉衣冷层层多。

2018 元旦贺词

荏苒光阴又上元，东西南北贺新天。
亲朋故友财福寿，知己近邻情义缘。

立　春

冬去犹余透骨寒，诗家强作语翩然。
若将春意留心驻，何必年年诵紫嫣。

五、文思篇

篇引：

本篇主要汇集了我近年来关于文化思考、哲思理念以及记述相关文化活动等系列内容的诗词作品，反映思想价值与人生理念探求的体悟。

（本篇均为格律诗词，采新声韵依律填写）

高阳台　人文美育项目启动抒怀

千阕词文，十年创意，人文美育成章。
画乐诗书，古风雅韵悠长。
政商多有风流士，转眼间，起落萧墙。
尚斯文，百代千秋，青史流芳。

修身济世从来苦，历人间心楚，万种炎凉。
山海行吟，情深常伴情殇。
意诚能感天和地，去尘霾，终见高阳。
料梧桐，此后年年，大美秋光。

题记：从偶然开始诗文写作，继而逐渐萌生把诗词文化作为公共文体进行现实应用的构想；经过不同文体试写和不同范围社会实验试点，又对诗书画复合创作应用进行社会实验，直至在对传统文化进行系统梳理和中西文化对比的基础上形成自己的新古风文化理念，又再将这一理念型塑为人文美育的可复制性项目、完成自己原创的教材读本，已近十年时间。现在终于开始社会化认同推广。故于2017年9月5日填此一词，以记其事、抒其志。

高阳台　凭吊三孔①

衍圣公家，官封府庙，皇家威赫仪同。
四百屋堂，一如六部官厅。②
门阁坊庑三分殿，③ 矗十三、历代碑亭。④
聚坟茔，孔氏裔孙，古木林风。

生前坎坷难得志，庶出居篱下，立志书经。
奔走列国，流离颠沛途穷。
诗书礼乐倾心著，后名成、倍享尊荣。
倡和谐，今见耶稣、孔孟同行。

---

① 三孔，指孔府、孔庙、孔林。

② 孔府仿照封建王朝六部而设六厅。

③ 指孔庙中的金声玉振坊、圣时门、大成门、奎文阁、两庑、大成殿、寝殿、圣迹殿等。

④ 唐、宋、金、元、明、清、民国七代皇家或统治者刻立的十三块碑亭。

行香子　茶诗雅会小记

茶艺清芳，诗语悠扬。
话端午，雅聚一堂。
新诗古韵，玫瑰琼浆。
赏茶心淡、诗心雅、书心香。

曼柔禅舞，雅颂铿锵。
母携女，诗语徜徉。
更多才秀，燕语莺腔。
展风情浓、闺情丽、友情长。

采桑子　自励

诗心意趣唯天地，
不羡浮华，不慕官家；
不为流俗弄笔夸。

浮生虚掷抒文墨，
神旷天涯，情愫无涯；
词曲新诗蕴意佳。

木兰花　三八妇女节

千年帝制红颜泪，礼教束缚足骨碎。
皇家贵胄妾妻多，嫁入农家哀苦累。

解放人间迎新岁，平等尊严新姐妹。
情怀万种展芳姿，勿使浮尘蒙志慧。

步韵满庭芳　春怀

万物发生，豪情正应、把酒点览英雄。
通今博古，胸壑始宽融。
世路曲曲坎坎，须智士，破解迷重。
寻常是、书生不解，误以戏春红。

呜呼，承雅意、义求真道，常违俗同。
只秉持初心，无论春冬。
沐栉海风山雨，倾数载、未怕途穷。
唯期待，高才雅士，与共建奇功。

五律　《新古风美育诗文集》成书感怀

十载磨一剑，终成美育篇。
心期济世语，不附应时言。
国颂扬真善，身修效鹤闲。
从来弘道者，无不隐深山。

五律　学养

修学以致用，非为显名扬。
论事循哲理，立言重义纲。
空浮好作势，量浅弄规章。
欲效真名士，先除小肚肠。

五律　咏志两首

一

物欲必蒙尘，诗情自本真。
从来守志者，多是篷蒿人。
若溺豪筵趣，焉为泽畔吟。
欲修国士诵，先弃宴中珍。

二

诗老真犹在，心痴义未衰。
还期千里愿，尚有著书怀。
落笔春秋史，① 立言社稷才。②
浩然山海志，③ 世路一何哉！

---

① 指自己创作《国颂史诗》《深圳史诗》等史诗作品。
② 立言，指自己原创《新三字经》等，意在培养社稷之才。
③ 与山海为伴，独养浩然之志，不羁尘世，志不俗移。

五言排律　世间行

年少习书史，每思贤圣齐。
人生由此误，志趣因兹奇。
禄位轻如土，浮财弃若泥。
革新先策论，企改首谋机。①
义助万科辈，功成退嫁衣。②
诗心化利剑，豪气幻云霓；
身隐江湖远，意从山野栖；
余闲犹济世，美育贯中西。

---

① 1984年11月，我调入深圳市社会经济发展委员会财贸处，期间参与日本与亚洲四小龙等国家和地区经济发展政策研究，并参与编著成书，作为外向型经济产业政策模本。1988年，我又主动要求调往刚成立的深圳市经济体制改革办公室企业体制处，承担并起草了《深圳市国营企业股份制改造条例》，即当年简称“590号文件”，为国营企业股份制改造提供了政策条例规制性文件。

② 我本人联系动员并策划经办了万科股份制改造，之后又参与了其他几家企业改制工作，之后我离开了政府系统，甘为改革做铺路石。

五绝　新三字经

笔钝才思驽，意诚效圣贤。
通篇叙六义，一韵五千言。

五绝　不朽诗

人有千金愿，我惜不朽诗。
财随腐骨烂，佳句万年知。

五绝　自勉

不攀金玉树，自在野蒿莱。
每作乡邻句，常思社稷才。

五绝　清心

清心更见真，何必入佛门。
常在山林坐，余生自在吟。

五绝　习古感怀

诗文以载道，习古宜知今。
勿效书斋客，无由烂漫吟。

五绝　咏怀

纵览春秋史，横观欧陆风。
心依六道外，身寄五湖中。

五绝　独坐幽泉偶忆贾岛

何须作苦吟？诗意本来真。

恰似幽泉泻，自然鸣好音。

五绝　春秋百家十二首

道　家

道兮存万物，若有却还无。

状弱如柔水，定决寰宇初。

儒　家

立论君臣民，差别叙五伦。

周公儒祖始，孔孟圣贤人。

墨家（仄韵）

墨家严律己，止战扬公义。

兼爱兼贤政，科学更有趣。

杨朱学派

贵己勿侵害，毫分不舍财。
重生适欲色，神鬼命何来？

农　家

社稷盛于农，贤良应稼耕。
渴求一份地，身处最低层。

法　家

兴秦扫六合，施政建功多。
祚短非因法，品亏天予夺。

阴阳家

数术卜阴阳，堪舆风水长。
五行析万事，流弊甚荒唐。

名　家

正名以副实，流辩渐成痴。
白马非为马，理析哲语思。

纵横家

合纵与连横，互谋彼此中。

威哉兼六相，终不抵秦赢。

兵　家

智多善用兵，止战方为明。

得道终须胜，诈谋亦可行。

小说家

巷谈茶饭后，集采供君侯。

虽续百家列，未入百家流。[①]

观百家（仄韵）

宠儒抑墨法，本是帝王意。

既已行新政，百家宜共趣。

① 末句因复叠前句，故出律。

五绝　慎独三首

一

修身必慎独，思悟胜于书。

君子擅持己，诗心意不孤。

二

利禄轻文赋，官途不信书。

自从承雅韵，便与世情疏。

三

行此茕茕道，常持寂寂心。

不闻尘世语，自在得天音。

五绝　悟思五首

慎　省

身隐梧桐道，还存济世心。
每常三省己，天理是知音。

真　言

此生何所欲？诗意与真言。
日日成佳句，便如世上仙。

诗　心

每日占一绝，心依字里歇。
千金宁可少，诗意不能缺。

诗　魂

只作蝴蝶句，难成不朽诗。
心中有社稷，方解众人痴。

无　题

助人方是乐，利己必生忧。
所以出家者，皆因避世愁。

五绝　为邻居习字所题（仄韵）

日写两幅字，闲情复逸志。
撇横捺竖里，都是人和事。

五绝　悼念李敖大师

文坛真勇士，学范堪为师。
遗世家国义，豪侠两岸知。

五绝　相马

方皋相马日，公母未察知。
旁有精明者，不明看四肢。

五绝　千年古县考察途中三首

别汉中诸友人

天涯有歧路，朋友各西东。

从此魂游处，陕城与汉中。

湖湘行之岳麓书院

岳麓史中闻，果然浩气存。

大贤云聚处，不敢叙诗文。

湖湘行之古村落祠堂

古迹弥珍贵，精神放眼量。

亲情宜谨记，宗法勿承扬。

五绝　社会杂感两首

闻警方破获假借慈善骗案有感

人心已不古，儒释义常非。
缘木求鱼者，痴迷徒更悲。

观三里屯街拍有感

外美竞相露，慧中识善藏。
皆知内秀好，难舍趋时装。

七绝　诗论三首

诗学四境

堆砌铺陈真义缺，继而好辩律词学。
炼成诗意言情志，哲境方知语简约。

诗词体论

闲情壮志填词曲，内敛庄严弄律声。
绝句随心记意趣，长篇宏论只古风。

诗风摹古

今人不解古人痴，砌句堆文博雅知。
智慧岂唯袭典故，哲思方有大学识。

七绝　诗魂

仄平戏对只闲心，道义铿锵是本真。
山野清林犹养志，漫将风雨铸诗魂。

七绝　慎独

君子思深必慎独，欲成大义不流俗。
岂同骚客争词律，只与高哲证世途。

七绝　读史有感

乌纱学位共一身，功利权名占尽春。
天下清流无进退，文章诗赋少乾坤。

七绝　清明祭两首

国　祭

英烈开国誓大同，雄兵百万倚农工。
今时后辈碑前祭，应告小康皆富荣。

亲　祭

渐近清明意渐愁，情思两界语难休。
恩德恒远如天日，纪念常如江水流。

七绝　半山书韵秋声四首

习写诗文10周年（仄韵）

十载悟思酬岁月，百篇写就头飞雪。

适逢追祭文成日，恰领学童诵雅阕。

题记：10年前的今天，我写了一篇纪念毛主席逝世31周年的祭文，无意中写成了长篇四言诗文体，这是没有任何主观动机而成的第一篇有文学色彩的文字。发现了古风体文字在当下的实用价值，逐渐开始了系统化新古风文化理念的探索过程。今天是成文10周年纪念日，又恰逢为国学班首个开讲日，也成了一个特殊的纪念仪式。

半山书声

九月秋光格外明，半山亲子诵新经。

枝头雀鸟恰恰舞，室内学童朗朗声。

云海学校《新三字经》美育首课

山月初升云海楼，相约美育语难休。
树人规划务须早，勿使俗风信马游。

题记：云海学校是2017年9月新成立的一所学校。2017年9月29日，我在云海学校为该校学生和家长做新三字经系列人文美育讲座活动。本人很荣幸地成为首位受邀到该校举办讲座的嘉宾。

乐群小学《新三字经》美育盛会

建校育人近百年，东江抗日有先贤。
弘扬经典铸铭训，再创新风续古篇。

题记：2017年10月23日，我与乐群小学近百名老师举行新三字经系列人文美育交流座谈盛会。该校已有近百年历史，一直以传承经典文化秉持校训、美育校风。抗战时期，该校更与东江纵队留下爱国抗日佳话。

七绝　文思抒怀八首

文　蹇

诗文济世殊非易，闻者芸芸识者稀。
孔圣千年万众捧，谁知途窘六国驱？

文　窘

诗文济世殊非易，知遇通达自古稀。
不若沽名师古辈，附依趋势利名齐。

诗与文

闲赋诗词忙作文，幽情理性两相浸。
自修弘道秉一义，真智真心付世人。

诗　意

常感近来诗意浓，非关万物春复生。
修心历久理方见，阅世既深义自成。

端午感怀

万家千户粽飘香，谁为忠良意感伤？

又是屈原蒙难日，昏庸长恨误朝纲！

有感国学热

翻新“国故”乱纷纷，汉褂唐装泽畔吟。

佛语子曰充释圣，穿凿附会古犹今。

半山才俊

兴旺半山自有人，青年才俊一时新。

勿因琐务迷双眼，常以傲骄律己心。

2017 国庆感怀

璀璨烟花耀紫城，银星火树到天明。

江山锦绣千年好，勿忘先贤血染成。

七律　千年古县行之岐山赴南郑途中有感

越壑翻山任意行，隋唐故地访遗踪。

朝驰秦岭云峰上，夜共汉江烟雨中。

周史骨文叙旧事，三国剑戟述豪英。

千年古韵凭谁继？吾辈担纲续汗青。

七律　贺《盐田文艺创刊》

春暮时节喜讯传，高朋共聚贺新刊。

山情海境生佳句，宋韵唐风谱丽篇。

大运方别犹雅兴，文博又至助诗缘。

盐田自此多姿彩，盛世长歌赋百年。

七律　抒怀两首

一

身出闹市近十年，未入梵天尚自然。
学较中西思共理，心期鱼雁意同闲。
还余义气金刚怒，每作春秋骚赋篇。
利禄浮华身外事，古来风雅爱青山。

二

诗性修为理义同，东西学养两颐情。
深山欲觅凤凰叫，闹市宁别燕雀声。
至境唯依胸壑广，孤标蕴自博识中。
春花雪雨风雷电，十句比兴九句重。

七律　诗坛奇观

诗坛近似占山头，常见词风下九流。
雅赏应成句上句，攻讦必致仇中仇。
雕琢每忘本来意，据典只依旧纪由。
骚韵全无偏拟古，先贤知此亦应羞。

题记：文人相轻，古已有之。现代诗坛和古典诗词爱好者群体中都出现了一些有失斯文的现象。这些人虽然不多，却是诗词文化传播中的异类，故特作此律，学习者察之。

七律　纪念马克思诞辰200周年

学识浩瀚著书穷，化作东西南北风。
皓首终成资本论，毕生妙尽哲思功。
科学唤醒劳工梦，理想激扬世界同。
资本多从原罪起，人心天道向公平。

六、经典篇

篇引：

该篇简括了民国以来二十一位举世公认的大家闺秀、才艺典范。除了其自身的家教、学养等可资借鉴外，从她们经历的人生世态中，也可以发掘世事更替、治乱兴衰的时代因素，是另一个角度的历史人文。

（本篇均为格律绝句，采新声韵）

五绝两首　宋氏姐妹

宋庆龄（仄韵）

温雅仪天下，决绝旧礼法。

追随孙总理，遗世不他嫁。

宋美龄

绝代冠风华，名媛继宋家。

东西融美育，中外誉声佳。

七绝十九首

潘　素

千卷丹青山水韵，毕生忠忱为中华。
舍财力挽春图返，义卖捐国誉万家。[1]

蒋　英[2]

东方雅致西洋风，琴韵歌声自不同。
家世卓然精武略，佳婿两弹立元功。

① 20世纪30年代，曾为阻止隋代展子虔的山水画《游春图》被贩至海外，潘素与丈夫卖掉房产，借钱凑足240两黄金买回，抗美援朝时又将其义卖，捐献给国家。

② 蒋英的父亲蒋百里将军是著名的军事战略家，她的丈夫钱学森是我国“两弹一星”元勋。

林徽因①

建筑高才诗画仙，风流雅致佳人传。
一生卓越无俗韵，常是人间四月天。

马　珏②

鲁迅世交名北大，万千学子一枝花。
书山有路少风浪，淡雅人生景物佳。

张兆和③

名门豪第自徽商，姐妹四人教有方。
嫁与高学师亦友，文坛伉俪世无双。

---

① 林徽因，著名的建筑师、诗人、作家，是参与人民英雄纪念碑和中华人民共和国国徽方案的设计者之一，梁思成的第一任妻子。

② 马珏的父亲与鲁迅是同学兼好友，两家为世交。

③ 张兆和，现代作家。沈从文先生之妻。

张乐怡①

英文初试社交场，张宋姻缘政与商。
世变余生羁美域，乡情犹系念家乡。

赵一荻②

丽质天成画女郎，一生苦恋嫁学良。
相濡以沫七十载，遗世人间佳话长。

黄蕙兰③

富家优渥旅南洋，嫁与维钧走四方。
公使外交囊涩处，妆资常助解钱荒。

---

① 张乐怡，民国名媛，宋子文之妻。解放前移居美国，生前多次表示情系大陆和庐山。

② 赵四小姐天生丽质，且又聪明灵慧，十四五岁就曾成为《北洋画报》的封面女郎。

③ 黄蕙兰生于印度尼西亚爪哇，南洋富商黄仲涵之女，外交家顾维钧第三任妻子。当时，使馆经费拮据，顾维钧的许多外交应酬都是黄蕙兰掏的钱，热心公益事业。

张爱玲①

赫然家世出豪门，习画弹琴名作文。
才重风流疏道义，薄生误与胡联姻。

唐　瑛②

名媛演艺锦衣欢，乐舞政商娱乐圈。
中戏巧为西语剧，南国名动一时间。

陆小曼③

诗画曲优文俱佳，经风历月洗年华。
坎坷三度情难已，不若安于百姓家。

---

① 张爱玲，中国现代作家，作品主要有小说、散文、电影剧本以及文学论著。1944 年张爱玲结识汪伪政权的宣传部副部长胡兰成并成为其第一任丈夫，为世人诟病。

② 唐瑛曾在卡尔等大剧院用英语演出了整部《王宝钏》。当时有“南唐北陆”的说法，即南方有佳人唐瑛，北方有绝色陆小曼。

③ 陆小曼，女画家。擅长戏剧，谙昆曲，也能演皮黄，文章有深厚的古文功底和扎实的文字修饰能力。

夏　梦[①]

古今博览西施风，不染一尘冰玉清。
艺粉岂皆浮泛辈，文坛巨匠有金庸。

上官云珠[②]

风华冠世艺坛殊，道义岂堪名利图。
绝唱艺精成典范，至今后世忆明珠。

严仁美[③]

洋务浙商旧式风，嫁读父命两难从。
家国乱世多磨难，解放新生屡立功。

---

① 夏梦，电影演员及制片人，出生于上海，1947 年迁居香港，1966 年主演《迎春花》后息影，移居加拿大。

② 上官云珠，中国著名电影表演艺术家。因出演《一江春水向东流》《万家灯火》等经典影片而蜚声影坛。

③ 严仁美，民国名媛，生于显赫的大家族。1951 年她带头并发动工商大户的家属为抗美援朝捐献飞机大炮，被选为上海徐汇区的第一届人民代表。1956 年严仁美夫妇带头加入公私合营。夫妻两人都是中国民主建国会的成员。

黄柳霜①

生于美埠长西洋，辗转欧洲返祖乡。
特色娃娃妆不改，募捐抗战报家乡。

郭布罗·婉容②

族籍正白达斡尔，琴棋书画学中西。
朝臣家世命非己，福祸一生系溥仪。

郭婉莹③

音乐科学兼体育，充实自我寄学习。
富家公子不相与，世变沉浮志未移。

---

① 黄柳霜1905年出生于洛杉矶，是第一位美籍华人好莱坞影星，也是首创娃娃脸形象的演员。

② 郭布罗·婉容，末代皇后，容貌端庄秀美、清新脱俗，且琴棋书画无所不通。

③ 郭婉莹在澳大利亚度过童年，后随家人返回中国。她一生经历坎坷，却不怨不馁。

孟小冬[1]

梨园家境出冬皇，梅孟佳缘阴倒阳。
乱世情魔喋血案，终缘杜府老来伤。

周　璇[2]

童蒙自幼历沧桑，情感离合每渺茫。
幸有荧屏佳作在，歌声演技两辉煌。

① 孟小冬，北京人，出身梨园世家，京剧优秀的女老生，人称“冬皇”。

② 周璇，著名电影演员、歌唱家。

七、现代诗篇

篇引：

如果说古典诗词曲赋是中华诗歌文化的历史之源，那么现代诗歌就是通向未来的诗歌洪流。现代诗具有自身的内容涵括优势，但现代诗怎样处理好对古典诗词的继承关系，将是一个需要长期探索和实践的课题；在摆脱格律限制的同时，应该具有一定的格式和语韵。

半山日出

守望半山的太阳，
迎接第一缕最美的阳光，
捕捉她少女般妩媚的光晕，
在天际的云层里闪烁绽放。

守望半山的太阳，
俯瞰晨曦中最美的山光，
绿叶在初光的抚吻中苏醒，
伸着懒腰开始在光热里舒张。

守望半山的太阳，
百鸟伴我在枝头吟唱，
迎接这万物景仰的主宰，
只有她能让大地血脉偾张。

守望半山的太阳，
把她在我灵犀里珍藏，
像这样子拥有她地久天长，
只是一瞬间她便腾空万丈。

春 潮

万物有灵，
春时发生，
孕育万千生命，
春潮是生命的喷涌。

百鸟有灵，
春时欢鸣，
枝头晨歌晚唱，
是春潮代言的啼声。

万花有灵，
春时争荣，
漫山遍野怒放，
绚烂出万紫千红。

万木有灵，
春时峥嵘，
枝杈吐出嫩芽，
把一层新绿铺洒空中。

众生有灵，
春时多情，
青蛙昼夜合唱，
野猫叫春萦绕夜空。

人鬼有灵，
追远恩永，
相会在春节清明，
伴随香火缭绕爆竹声声。

天地有灵，
驱走残冬，
大海里春波翻涌，
高天上阵阵东风。

腐朽亦有灵，
潜藏每个幽暗角落，
趁春时播发细菌袭击生命，
企图摧毁春天里的千般美景。

远离罂粟花

它看上去像是天使，
在阳光下色彩斑斓；
然而它娇媚的背后，
是荼毒与邪恶的渊源。

醉心于它乍现的惊艳，
陶醉于它曼妙多情的枝蔓；
不知不觉被它的毒素潜入肌体，
承受恶果危及生命为时已晚。

它依靠黑金和罪犯营养着娇艳，
它融于纸醉金迷的俗艳迷惑人们双眼；
它让人们在虚幻的快感中臣服上瘾，
它让一个个人间悲剧在生活中上演。

远离有毒的罂粟花，
人们的身心才得以康健；
人类应该为自己的觉醒而庆幸，
只要生命尚在能离开就不算太晚。

诗　魂

你的所爱，
就是诗魂所在，
把它写出来，
把它歌出来。

你的所恨，
就是诗魂所在，
把它喊出来，
把它吼出来。

你的青春，
就是诗魂所在，
让它动起来，
让它舞起来。

你的经历，
就是诗魂所在，
把它记下来，
把它献出来。

你的一切，
都是诗魂所在，
人的真情在，
诗的灵魂在。

老 树

曾经玉树临风的姿彩，
在春天里抽出新枝嫩芽，
那代表新生的嫩黄芽胎，
蓬勃散放着对自由的欢爱。

曾经以为是栋梁之材，
讥讽大厦斑驳的梁木，
那么粗糙灰暗充满尘埃，
期盼着早些将它们取代。

曾经象征未来和期待，
被绿草花木仰视高大，
枝上雀跃鹂鸣莺舞燕来，
融汇万千曼妙诗意情怀。

漫长的风雨尘霾，
湮灭曾经烂漫初心，
未成栋梁却先已朽迈，
剩下晚风中的枯枝低吟招徕。

难有幡然重生的豪迈，
却也不甘寂寞无为朽去，
一树枯叶沙沙响着自怜自爱，
佯装成千年古木的不朽风采。

诗魂对话

我在诗书里徜徉，
向读到的每个人发问：
诗是什么？
千人千面各诉衷肠。

在春秋的典籍里，
老子说：诗是虚无，无中生有开辟洪荒；
孔子说：诗是等级界限、妻妾排行；
墨子说：诗是兼爱兼贤、止战锄强；
屈原说：诗是爱国者不尽的忧伤。

在大唐的书卷里，
李白说：诗是酒后的豪迈、游子的月光；
杜甫说：诗是格律桎梏下的尘世铿锵；
白居易说：诗是流畅的语韵、帝妃的柔肠；
高适等人说：诗是征战的狼烟、边塞的城墙。

在两宋的词卷里，
苏轼说：诗是书画文章的凝思、是人间天上；
李清照说：诗是叹息的花影、雨后的残香；
岳飞说：诗是英雄末路的仰天悲歌，
辛弃疾等人说：诗是捍卫家国马革裹尸的战场。

在近代的先贤卷宗里，
林则徐说：诗是禁毒御敌的海岸疆防；
梁启超说：诗是革弊维新的主张；
谭嗣同说：诗是牺牲者喷涌的血浆；
秋瑾说：诗就是为妇女解放而赴死的荣光。

在现代大师笔下，
田汉说：诗就是唤起救亡号角的奋进激扬；
胡适说：诗就是结束闭塞、学习西洋；
鲁迅说：诗就是人性的傲骨、民族的脊梁。
张爱玲等人则说：诗是温香软玉、蝶语花香。

透过遥远的时光隧道，
陶渊明对我耳语：诗在山上。

年轮与自我

年轻的时候，
我们总是坚定地以为：
我们掌握了真理。

任性的时候，
我们总是豪迈地以为：
我们代表了正义。

叛逆的时候，
我们总是执着地以为：
我们得到了人生的真谛。

直到有一天，
我感觉到从前的贫乏：
曾经的种种是错觉的蒙蔽。

然后，

在东西方知识的海洋里游弋，

懂得了邻家的传承不轻易属于自己。

然后看到了，

邻家的荣光也有着，

太多血与火的过去。

然后懂得了，

世界不同角落有不同的密码，

想当然的自我并不能跨越愚昧的藩篱。

我们厌恶的曾经，

也并不是轻而易得，

置身和平是承恩前贤的努力。

我们厌恶的束缚，

恰恰安全哺育了，

我们这个转型中的代际。

我们中，
有太多人原本世世代代，
就是面朝黄土的农家子弟。

我们拿着工资助学金，
在大学里唱着恋曲，
完成了人生镀金的学历。

而后我们，
成为了社会中坚，
拥有了制定规则的权力。

而后的后来，
工人农家和各色子弟，
从幼儿园起就要开始金钱的堆积。
……

我们中，
许多人已开始，
步入暮年、垂垂老矣。

当我们回首既往：
除了利益所得与攫取，
我们还为世界留下了什么不朽的东西？

批判世界，
苛责反思前人，
不如平心反思自己。

假如我们终其一生，
只懂得批判前人放任自己，
最终我们这一代人，
只能被年轮和后人更彻底地摈弃。

爱之愿

有一天，
在不经意的路上：
期待一朵俏丽的爱之花，
在我的视野中悄然绽放。

那一刻，
我枯井般寂静的心房，
将重燃青春火焰般，
肆意灼热的狂想。

有了我，
你将是爱情王国尊贵的女皇：
我把滔滔江河般的情思，
化作对你永无止歇的热望。

有了你，
我将沉浸在甜蜜的温柔乡：
你温暖酥软的胸怀，
就是我今生归宿的天堂。

在夜晚，
春风般的耳语伴你进入梦乡；
我愿做你忠诚的卫士，
守候在你玉陈香睡的身旁。

到清晨，
轻柔的热吻伴随你迎接第一缕阳光；
我将为你照花前后镜，
欣赏你慵懒的描眉淡妆。

月光下，
我们在小园香径拥吻徜徉；
让我细细地品味辨别：
你和醉人的丁香花谁更幽香？

情海里，
摇起织锦鸳鸯的波荡；
轻吟细语、微喘呢喃，
汇聚成人性最美的交响乐章。

天作证：
我对你的爱将如大海翻涌的激浪；
但我宁愿将万千柔情伴随日月星辰，
化作涓涓细流在你的心间日夜流淌。

就这样，
我们的未来将如此让人向往：
你将是我永恒不息的诗歌，
我将是照亮你生命的骄阳！

党建专题：社区党风党纪之歌

党庆缅怀

九十七年前，
中国共产党诞生了！
宣告了一个新世界的开端。
她的宗旨，
是始终和人民群众，
同甘共苦、血肉相连。

风雨如磐，
在漫长的艰苦岁月里，
她代表着民族解放
和劳苦大众的期盼；
带领无数前赴后继的勇士，
转战南北、踏遍万水千山。

驱逐日寇，
建立新中国；
开创了中华民族新纪元；
历经保家卫国战争的洗礼，
走过百废待兴的建设历程，
又进入改革开放的春天。

社区党魂

今天，饮水思源，
有幸聚居在深圳，
这一改革开放的试验田；
我们每个社区，
是其中最基层的社会单元。

党的优良传统，
从来都根植在
广大基层人民中间；
承载这一传统，
是我们每一位社区工作者，
义不容辞的承担。

以社区居民为中心，
是党的宗旨在社区工作中，
不容置疑的体现；
要用我们的一言一行，
让广大居民真切地感受到：
门好进、脸好看、事好办。

用我们对亲人般的热情，
给予来自五湖四海的居民，
春天般的温暖；
让大家在这里，
感受到和家乡一样的便利、
情感认同和归属感。

工作点滴

我们日常每一个工作，
都必须坚持开拓
和创新探索的理念；
在社区党组织的带领下，
居委会、工作站团结一致，
把党心与民心紧密相连。

同时，结合时代的发展，
和特区建设的创新实践；
制定切合实际的工作计划，
把为民、益民的初心，
化作日常工作的一桩桩、一件件。

优秀文化进社区，
把人文美育、诗书画乐，
植入到少幼儿的启蒙心田。
让科技创新、创客创意，
活跃在社区的思想空间。

救助危困，
慰问独居老人，
慰问环卫工人，
让流浪者到救助站避寒。
让每一个人，
每一个角落，
感受到最基本的、
不被社会遗忘的温暖。

关爱流动人口，
宣传优生优育，
免费义诊疾病预防，
把健康送入每个家园。
为职场奔波的人们，
为流动打拼的人们，
为告别故乡的人们，
减少一份后顾之忧和辛劳疲倦。

三八妇女节，
关注妇女的身心健康，
让每一位社区的女性，
绽放爱美的天性，
常葆青春的容颜。

春节、元宵，
欢庆锣鼓、优美舞蹈，
煮汤圆、送春联；
通过种种喜乐活动，
让告别家乡的游子，

一批批投身深圳的建设者，
共度祥和、浓郁的新年，
减轻一份对故土亲人的乡思和眷念。

警钟长鸣

尽管，我们的岗位，
普通而又平凡，
或许，我们的工作，
繁琐而又简单；
但是，每一桩、每一件，
都代表着党和政府的形象，
绝不能有丝毫的马虎，
决不可有丝毫的怠倦，
更不许有丝毫的贪婪。

工作时间，
决不许玩手游电脑；
在岗位上，
绝不能对居民啧有烦言；

恪守职责，

善用每一分职权；

把为居民服务的宗旨，

融化为牢固的信念；

党员带头、人人争先，

端正风纪、文明共建；

围绕上级和社区党委的工作部署，

与社区广大居民团结一致，

共创社区的美好家园！

题记：本篇《社区党风党纪之歌》原为某社区七一党建活动所创作的专题诗文，本书出版时内容有所修改。

八、结语篇

最后，以一阕宋词中最长词谱的《莺啼序》，作为本书的结语篇，概述自己半生学习、实践、探索的心路历程。

莺啼序　梧桐心语

（新韵）

梧桐暮春四月，正飞莺舞燕。
漫山碧、红隐蝶迷，是处染醉双眼。
夜更深、蛙鸣阵阵，欢歌不叫人心懒。
怅春声，回首浮生，似梦如幻。

身赴南国，三十四载，历世尘已倦。
本来是，年少风流，文章初仕冠冕。
但初衷、意非权栈；尚实践、心期鸿雁。
却蹉跎，商海文坛，每声声叹。

人生常好：子禄财福，婵娟玲珑面。
名利场、推杯饮宴，扰攘竞合，且最难得，真情互换。
故将红绿，梅竹闲雅，沉浮甘苦家国义，
共融为、美育诗书卷。
青山与共，虫鱼花鸟为邻，白云素月相伴。

十年创意，辛楚砺磨，此志殊难断。

纵然是，飘零山海，隐匿萍踪，世路常阻，沧桑已惯。

因缘际会，初成章典，古风新韵邀共雅，

倡斯文、朗朗兴书苑。

梧桐感我愚挚，助我灵犀，终成夙愿。

后记

对于诗词，原本只是少年时期的爱好。十六七岁时，才开始接触诗词，并自学王力主编的《中国古汉语》，屈原的《离骚》《天问》《九歌》，及《唐诗三百首》等。大学读的是“国民经济计划专业”，但期间却通读了《史记》《资治通鉴》等古典史书，以及其他一些文史哲书籍，是自己第二个文史奠基阶段。但我从来没有要从事写作的人生规划。

后来执笔尝试并执着于诗词文化应用性写作和从事文化研究工作，是临近“知天命”的时候了。忽然产生这样的意念，并具有使命感，然后就进行了一系列尝试，获得媒体和相关社会业界的认可与好评。由此获取一个感悟：即一个人早年的人文积累，对于其一生，会有很强的奠基作用，不管日后从事什么行业，都会植入人文价值的生命密码。也因此产生了对人文教育的关注和兴趣，并尝试进行系列化创作与社会推广实践。

作为恢复高考第三年入学的大学生，注定了我们这一代人，在社会转型期具有参与和观察社会发展比较特殊的历史机遇。我本人也参与、亲历了一些重大历史事件：如二十世纪八十年代对深圳外向型经济发展模式进行奠基的理论研究，对企业股份制改革从理论研究到选点、试点操作等，这些经验不仅仅属于个人，应该把它们整理出来留给后来者。我曾经也连续为《深圳史志》写过一些回忆文章，但是，我觉得还应该以更有传播价值的方式作出表达，这也是我提出新古风文化理念和本人写作产生使命感的一个重要动因。

从萌生新古风文化理念，经过试笔习作、社会验证，形成了初始理念；后来有机会到北京参与传统文化保护的专业性研究工作，通过对中西文化的了解、比较研究，最终比较系统地形成了自己对人文美育的创意构想、社会推广价值判断以及系列作品积累。同时，在与社会各阶层反复接触、沟通的过程中，受到愈来愈多基层社会工作者的肯定和支持，也为人文美育的公益项目化推广奠定了社会基础。从最初尝试至今已接近十年时间，可谓是“十载磨一剑”，尽管经历了一些曲折，但终究还是让人心慰的：有价值的文化产品，也必然要经历时间的沉淀和现实的洗礼。

在此，感谢海桐社区和盐田街道民生微实事项目组对新古风美育项目试点的大力支持，感谢《中国民政》期刊对本项目总结推广的指导帮助。

杨　林

2018 年 4 月 28 日于深圳市梧桐半山